Anne Frank:
The Diary of a Young Girl

Anne Frank:
The Diary of a Young Girl

# 안네의 일기

Anne Frank 원작 | 천선란 추천

1판 1쇄 인쇄 2021년 3월 31일 | 1판 1쇄 발행 2021년 4월 12일

엮은이 문정옥
펴낸이 정중모 | 펴낸곳 팡세 | 등록 1988년 1월 21일(제406-2000-000202호)
편집장 서경진 | 편집 윤소정, 강정윤 | 디자인 권순영
마케팅 김선규 | 제작 윤준수 | 관리 이원희, 고은정, 원보람
주소 경기도 파주시 회동길 152
전화 031-955-0700 | 팩스 031-955-0661 | 홈페이지 www.yolimwon.com
전자우편 bbchild@yolimwon.com
ISBN 978-89-6155-929-4 04800, 978-89-6155-907-2(세트)

어린이제품안전특별법에 의한 제품 표시
제조자명 파랑새 | 제조년월 2021년 4월 | 제조국 대한민국 | 사용연령 8세 이상

Anne Frank:
The Diary of a Young Girl

# 안네의 일기

안네 프랑크 원작 | 천선란 추천

팡세

지금 우리 시대에 필요한 건

외부의 적으로부터

나를 지킬 수 있는 다락방과

내 얘기를 들어줄 '키티'가 아닐까.

**차례**

천선란이 지켜온 다락방과 일기장

전쟁과 질병, 재난이 우리의 많은 것들을 빼앗아 간다. 무엇보다 우리는 최근 전 세계를 휩쓴 바이러스로 일상을 잃었다. 사람을 만날 수 없는 시기를 겪으며 우리는 무엇보다 만남과 자유를 갈망하게 됐고 다시 찾아올 과거를 꿈꾸며 차분히 각자의 은신처에서 현실의 위기를 견뎌 내고 있다. 그런 의미로 <안네의 일기>가 어느 때보다 우리에게 와닿을 것이라 믿어 의심치 않는다. 안네는 독일군을 피해 2년 동안 좁은 은신처에서 살아야 했다. 여덟 명이 함께 지냈던 좁은 공간에서 안네는 씻고 먹고 자고 책을 읽고, 그렇게 자랐다. 비와 바람, 햇살, 들과 꽃을 충분히 누리지 못하는 상황에서도 안네는 좁은 침대에 몸을 뉘어 미래를 상상하고 그 미래에 있을, 지금보다 더 성장한 자신을 꾸준히 그려냈다. 이런 안네의 모습은, 어느 상황에서도 사람은 자라난다는 것을 보여 준다. 안네는 갇혀 지내야 하는 지긋지긋한 상황에서도 자신에 대한 연구를 멈추지 않고 더 나은 사람과 멋진 어른이 될 거라는 목표를 가지고 있었고, 그것을 누군가에게 꾸준히 말해 주었다. 일기장이자 친구인 '키티'에게 말이다. 언제 끝날지 모르는 상황을 버틸 수 있었던 건 안네가 스스로 던진 꾸준한 질문과 남들도 알지 못하는 내 안의 나를 마주하는 시간이 켜켜이 쌓였기 때문일지도 모르겠다. 지금 우리 시대에 필요한 건 외부의 적으로부터 나를 지킬 수 있는 다락방과 내 애기를 들어줄 '키티'

가 아닐까. 모든 것은 끝이 오기 마련이다. 안네가 다 보여 주지 못한, 모든 것이 끝난 후의 일상을 우리는 '키티에게' 말해 줄 수 있을 것이다.

소설가 천선란 (한국과학문학상 장편 대상 수상)

Anne Frank: The Diary of a Young Girl

안네의 일기

# 생일 선물로 받은 일기장

**1942년 6월 14일 일요일**

지난 금요일엔 아침 6시에 저절로 눈이 떠졌습니다. 그날은 바로 내 생일이었기 때문에 마음이 들떠서 일찍 일어났던 거예요.

7시가 되자마자 아빠 엄마에게 아침 인사를 하고 곧장 거실로 가서 선물 꾸러미를 풀었습니다.

제일 먼저 나온 것은 일기장이었답니다. 우와 근사해!

다른 선물로는 장미 꽃다발, 화분 하나, 모란꽃, 또 돈도 조금 있었어요. 난 그 돈으로 『그리스 로마 신화』를 살 수 있게 되었답니다. 또 친구들이 보낸 책들이랑 장난감, 과자, 초콜릿, 브로치도 참 마음에 들었어요.

한넬리가 집에 찾아와서 학교에 같이 갔어요. 쉬는 시간에 친구들에게 비스킷을 나누어 주었더니 무척 좋아했지요.

오늘은 일기를 그만 써야겠습니다. 자, 이제 일기장이랑 친한 친구가 되어야겠죠!

**1942년 6월 20일 토요일**

며칠 동안 일기를 쓰지 않았습니다. 일기를 쓰

는 것에 대해 좀 진지하게 생각해 보고 싶어서였어요. 지금까지 난 일기를 써 본 적이 없으니까요. 그것은 열세 살짜리 소녀의 마음속 고백 따위엔 아무도 관심이 없을 거라고 생각했기 때문이지요.

하지만 그래도 상관없습니다. 정말로 난 일기를 쓰고 싶어요. 내 마음 밑바닥에 숨겨진 것까지 다 털어놓고 싶답니다.

'종이는 사람보다 참을성이 강하다.'는 속담이 있잖아요. 종이로 된 일기장은 내 이야기를 묵묵히 잘 들어 줄 거예요. 진정한 친구가 생기면 이 일기장을 보여 주겠지만, 아무한테나 보여 주진 않으려고 해요.

난 이 세상에 혼자 있는 것처럼 외로움을 느낀답니다. 내게는 진실한 친구가 한 명도 없거든요.

물론 사랑하는 부모님과 언니가 있고 친구도 많아요. 그러나 친구들이 많이 있어도 그저 웃고 떠들거나 농담을 주고받는 사이랍니다.

그래서 일기를 쓰기로 한 거예요. 앞으로 이 일기장을 내 마음의 친구로 삼고, 이름을 '키티'라고 부를 거예요.

키티! 갑자기 편지를 쓰기 시작하면 무척 놀라겠지? 먼저 내가 누군지 간단히 소개할게.

우리 아빠는 서른여섯 살, 엄마는 스물다섯 살 때 결혼했어. 언니인 마르고트는 1926년 독일 프랑크푸르트에서 태어났고, 나는 1929년 6월 12일에 태어났단다.

우리 가족은 유태인이라서 1933년에 독일에서 네덜란드로 이사를 했어. 그러나 독일에 남은 친척들은 히틀러의 유태인 탄압 정책 때문에 불안

한 생활이 계속되었어. 1938년이 되자 여기저기서 유태인 학살 사건이 일어났거든. 두 외삼촌은 미국으로 피했고, 할머니는 우리가 있는 곳으로 왔어. 그때 할머니는 73세였어.

하지만 1940년 5월이 되면서 우리의 행복했던 시절은 갑자기 사라져 버렸어. 네덜란드가 독일에 항복하자, 독일군이 네덜란드로 쳐들어온 거야. 우리 유태인들의 불행은 이때부터 본격적으로 시작되었어.

유태인에 대한 탄압이 국가의 명령으로 발표되었고, 우린 노란 별표를 달고 다녀야만 했어. 집에 있던 자전거도 빼앗겼고, 전차나 자동차를 탈 수도 없게 되었단다. 또한 물건을 살 수 있는 시간도 정해졌어. 그것도 '유태인 상점'이라고 표시된 가게에서 오후 3시부터 5시 사이에만 살 수 있단다. 밤 8시가 지나면 밖에 나갈 수 없어. 심지어 자기 집 마당에도 나갈 수 없어.

그뿐 아니야. 극장, 공연장에도 갈 수 없고, 일반 스포츠 경기에도 참가할 수 없어. 유태인들은 유태인 학교만 다녀야 해. 이렇게 우리에겐 안 되는 것투성이야. 그래도 아직은 견딜 만해.

1942년 1월에 할머니가 돌아가셨어. 하지만 지

금도 할머니는 내 마음속에 살아 있는 듯해. 내가 할머니를 얼마나 사랑했는지 아무도 모를 거야.

1934년 나는 몬테소리 유치원에 들어갔고, 초등학교도 그곳에서 다녔어. 졸업을 하면서 선생님과 헤어지게 되었을 때는 너무나 슬퍼 울었단다.

1941년에 나는 마르고트 언니와 함께 유태인 중학교에 들어갔어. 언니는 4학년이고, 나는 1학년이야.

키티, 여기까지가 너를 만나기 전에 나한테 있었던 일들이야. 이야기를 하고 나니 우리 사이에 조금씩 우정이 싹트는 느낌이야.

그럼 내일까지 안녕!

## 1942년 6월 21일 일요일

키티!

우리 반 아이들은 모두 겁이 나서 벌벌 떨고 있어. 이제 선생님들 회의가 끝나면, 학생들이 진급하거나 낙제하는 것이 결정되기 때문이야.

나와 내 친구들은 괜찮을 것 같아. 수학에 좀 자신이 없지만 그래도 진급은 할 수 있을 거야.

선생님들은 모두 나를 귀여워해 주는 편이야. 우리 학교 선생님은 모두 아홉 분인데 남자 선생님이 일곱 분, 여자 선생님이 두 분이야. 그런데 나이 많은 수학 선생님은 내가 너무 떠든다고 화를 내더니 '수다쟁이'란 제목으로 글짓기를 해 오라고 시켰단다.

도대체 무엇을 쓰면 좋을까? 정말 고민이 되었어.

그런데 아무리 생각해도 내가 왜 수다를 떨었는지 분명하게 설명할 수가 없었어. 한참을 곰곰이 생각하다가, 문득 떠오르는 게 있었어. 그래서 단숨에 세 장이나 되는 글을 썼단다.

내가 쓴 내용은 다음과 같아.


수다를 떠는 것은 여자의 특성이다. 그래서
수다를 떨지 않으려고
해도 좀처럼 고쳐지지 않는다. 게다가 우리
엄마는 나보다 더 수다쟁이
이니, 아무래도 '수다'는 유전인 것 같다. 그
러니까 나도 어쩔 수 없는
것 아닐까.


내 글을 읽고 수학 선생님은 한바탕 웃었어.

그런데 내가 다음 시간에도 떠들었더니 또 글짓기를 시켰어. 이번에는 '고쳐지지 않는 수다쟁이 버릇'이라는 제목을 주었단다. 나는 또 글짓기를 해서 선생님께 드렸지. 그러자 수학 선생님은 혼내지 않았어.

그런데 다음 수학 시간에 내가 또 떠들자 선생님은 참을 수가 없었나 봐.

"안네, 이번에는 '꽥꽥꽥 하고 떠버리가 말했습니다.'라는 제목으로 글짓기를 해 오너라."라고 했

어. 그 말을 들은 반 아이들은 교실이 떠나갈 듯 큰 소리로 웃어 댔지. 나도 하는 수 없이 따라 웃었지만 속으로는 걱정이 되었어. 이런 제목에 대해서는 더 이상 쓸 만한 이야깃거리가 없었거든.

그런데 다행히 시를 잘 쓰는 친구 산네가 도와주겠다고 했어. 글짓기 전체를 시로 쓰면 된다는 거야. 나는 뛸 듯이 좋아했지. 수학 선생님은 엉뚱한 제목으로 나를 놀려 주려고 했겠지만, 오히려 내가 선생님을 아이들 앞에서 웃음거리로 만들어 놓아야지!

드디어 시를 다 썼어. 정말 훌륭한 시야. 세 마리 아기 오리를 거느린 어미 오리와 아빠인 백조 이야기를 쓴 거야. 아기 오리들이 너무 시끄럽게 떠든다고 아빠인 백조가 쪼아서 죽게 만든다는 내용이었어.

다행히 수학 선생님은 내 글의 뜻을 이해했나
봐. 큰 소리로 아이들 앞에서 그 시를 읽어 주고,
나름대로 해석까지 해 주었어. 다른 반에 가서도
읽어 주었대.

그 다음부터는 내가 수다를 떨어도 별로 야단치
지 않아. 물론 글짓기 숙제도 내지 않고 말이야.
지금도 가끔 수학 선생님은 그 시를 말하며 웃는
단다.

키티, 정말 다행이지?


**1942년 6월 24일 수요일**

키티!

오늘은 너무 더워서 몸이 아이스크림처럼 녹아
버릴 것 같아. 이렇게 더운 날에도 난 어디를 가든
지 걸어서 가야만 해. 이제 와서야 전차가 얼마나

고마운 존재였는지 절실히 느끼지만, 유태인은 더 이상 전차를 탈 수 없으니까.

부활절 휴가 동안 누가 내 자전거를 훔쳐 갔단다. 그래서 학교에 가기가 싫어졌어. 하지만 곧 여름방학이니까 이렇게 힘들게 걸어 다니는 것도 일주일만 지나면 끝이야.

어제는 참 재미있는 일이 있었어. 내가 자전거 보관소 앞을 지나가는데 누군가 나를 불렀어. 이리저리 주위를 둘러보았더니 어제 저녁에 친구 에바네 집에서 본 멋진 남자아이가 서 있었어. 그 애는 성큼성큼 다가와서 자기소개를 했어. 이름이 '하리 골드베르크'라고 하면서 학교에 함께 가지 않겠냐고 묻는 거야.

"그래, 어차피 같은 방향이니 같이 가."

나는 아무렇지 않은 척했어. 그리고 학교에 함

께 갔지.

하리는 열여섯 살인데 재미있는 이야기를 많이
알고 있었어. 하리는 오늘 아침에도 나를 기다렸
어. 앞으로도 계속 그렇게 하겠지.


### 1942년 7월 5일 일요일

키티!

지난 금요일에 유태인 극장에서 시험 성적이 발
표되었어. 내 성적은 예상보다 좋았단다. 만점이
한 과목 있고, 수학은 5점, 두 과목은 6점이야. 다
른 것은 모두 7점, 8점이야.

가족들도 모두 기뻐했어. 우리 부모님은 공부가
인생의 전부라고 생각하는 다른 부모들과 달
라서 내가 나쁜 짓 하지 않고 항상 건강하
고 행복해지기만 하면 된다고 생각해.

그래서 성적에 대해서는 뭐라고 하지 않지만 난 그렇지 않아. 성적이 나쁜 학생이 되고 싶지는 않거든.

마르고트 언니는 언제나처럼 성적이 우수하게 나왔어. 언니는 머리가 좋고 공부도 정말 잘해.

아빠는 요즘 집에 있는 날이 많아졌어. 회사에 가도 일이 없다고 해. 말 없이 우두커니 앉아있는 모습을 보면, 자기가 쓸모없는 인간이라고 느끼며 괴로워하는 것 같아.

며칠 전, 아빠와 함께 산책을 하고 있을 때였어. 갑자기 아빠가 긴 한숨을 내쉰 다음 낮은 목소리로 말했어.

"안네야, 머지않아 우린 독일군이 찾아낼 수 없는 곳으로 몸을 피해야 한단다. 식료품이나 옷, 가구 들은 벌써 다 옮겨 놓았어. 언제 히틀러 일당에

게 붙잡혀 수용소에 가게 될지도 모른단다. 그러
니 어서 피해야 해!"

"그럼 언제 떠나는 거예요?"

"때가 되면 알려 줄 테니 아무 걱정 마라. 엄마,
아빠가 모두 알아서 할 테니까."

아빠의 이야기는 그것으로 끝났어.

아아, 하나님.

아빠가 말한 끔찍한 상황이 제발 늦게 오기를!
그 일이 아득히 먼 훗날의 일이 되었으면 좋겠어
요.

Anne Frank: The Diary of a Young Girl

안네의 일기

# 정든 집을 떠나다

**1942년 7월 8일 수요일**

키티!

일요일부터 오늘까지 사이가 몇 해를 보낸 것처럼 느껴져. 여러 가지 일들이 일어나서 마치 온 세상이 뒤집힌 것 같아. 그렇지만 키티, 나는 아직도 살아 있어! 아빠 말대로 지금은 그것이 가장 중요

한 일이야. 그동안 벌어진 일들을 차근차근 이야
기해 줄게.

지난 일요일 오후 3시쯤이었어. 나는 베란다에
누워서 햇볕을 쬐며 책을 읽느라 초인종 벨 소리
도 듣지 못했단다. 조금 후에 언니가 하얗게 질린
얼굴로 뛰어오더니 목소리를 낮추고 다급하게 말
했어.

"안네, 나치 친위대에서 아빠한테 호출장을 보
냈어! 엄마는 이 일로 지금 판 단 아저씨를 만나
러 가셨어."

판 단 아저씨는 아빠의 회사 동료야. 나는 언니
말을 듣고 너무나 놀라 온몸이 바르르 떨렸어. 호
출장이라니! 그것이 무엇을 의미하는지는 누구나
다 알고 있어, 특히 유태인이라면. 나는 강제수용
소와 차가운 감방 모습이 머릿속에 떠올랐어. 아

빠를 그런 곳에 보낼 수는 없어.

"언니, 우리 아빠 어떡해?"

"물론 아빠는 안 가실 거야. 엄마는 내일 은신처로 옮기는 문제를 의논하러 판 단 아저씨한테 가셨어. 판 단 아저씨 가족들도 우리하고 같이 피신하기로 했대. 그래서 모두 일곱 사람이야."

난 아빠가 너무 걱정되었어. 지금 아빠는 아무것도 모르고 유태인 양로원에서 노인들을 돌보고 있을 거야.

엄마를 기다리는 동안, 언니와 나는 말없이 두려움에 떨고 있었어. 그때 갑자기 또 초인종이 울렸어. 요즘 부쩍 친해진 남자 친구 하리가 온 거라고 짐작되었어.

"하리일 거야!"

내가 벌떡 일어나 문을 열려고 하자, 언니는

"문 열면 안 돼!"

하며 나를 가로막았어.

하지만 내가 달려 나갈 필요도 없었어. 아래층에서 엄마와 판 단 아저씨가 하리한테 이야기하는 소리가 들려왔거든. 하리가 떠난 뒤, 엄마와 판 단 아저씨는 집 안으로 들어와 문을 꼭 잠갔어.

언니하고 단둘이 침실에 있을 때, 언니는 뜻밖의 이야기를 했어. 사실은 호출장이 아

빠에게 온 것이 아니고 언니한테 왔다는 거야.

나는 아까보다 더 놀라고 너무 겁이 나서 울음을 터뜨리고 말았어. 언니는 이제 겨우 열여섯 살인데 강제수용소로 보내려고 하다니, 나치는 정말 무서운 사람들이야. 하지만 언니는 끌려가지 않을 거야. 엄마가 그렇게 말했으니까.

얼마 전에 아빠가 은신처로 피할 거라는 말을

했는데, 나는 이제야 그 뜻을 알 것 같아. 우리가 숨어서 지낼 곳은 과연 어디일까? 시내일까, 아니면 아주 먼 시골일까? 언제, 어떻게 어디로 갈까?

너무너무 궁금했지만 누구한테도 물어 보지 않았어. 대신 언니와 나는 소중한 물건들을 가방 속에 챙기기 시작했어.

내가 제일 먼저 가방 속에 넣은 것은 바로 키티, 너란다. 그리고 손수건, 교과서, 빗, 편지를 넣었어. 피신을 가면서 이런 것들을 가져가는 것은 이상한 짓 같지만 난 후회하지 않아. 내게는 추억이 옷들보다 더 소중하니까.

5시가 다 되어서야 아빠는 집으로 돌아왔어. 아빠가 오자 일은 더욱 빨리 진행되었지. 아빠는 코프하이스 씨에게 전화를 걸어 집으로 와 달라고 부탁했어.

판 단 아저씨는 나가서 미프 아주머니를 데리고 왔어. 미프 아주머니는 1933년부터 아빠와 함께 일해 와서 지금은 아주 친한 친구 같은 사이야. 얼마 전에 헹크 아저씨와 결혼을 했어. 아저씨도 역시 우리와 아주 친해. 미프 아주머니는 여행 가방에 우리 신발과 옷가지를 넣어 은신처로 옮기기위해 들고 나갔어.

11시쯤 돌아온 미프 아주머니와 헹크 아저씨는 무거운 짐을 또 한 차례 들고 나갔어.

나는 오늘이 내 침대에서 자는 마지막 밤이라는 것을 알면서도, 너무나 지치고 피곤해서 그냥 곯아떨어져 버렸단다.

다음 날 눈을 뜬 것은 새벽 5시 30분이었어. 엄마가 깨웠기 때문이야. 다행히 일요일처럼 덥지 않았고, 비가 하루 종일 내렸어. 우린 마치 북극

탐험이라도 가는 사람들처럼 옷을 잔뜩 껴입었
어. 될 수 있는 대로 옷을 많이 가져가려고 말이
야. 우리 같은 유태인들이 옷이 가득 든 가방을 들
고 나간다는 것은 도저히 불가능한 일이니까.

언니는 교과서를 가득 넣은 가방을 챙겨서 미프
아주머니의 자전거에 싣고 먼저 떠났어. 그때까
지도 나는 우리의 은신처가 어딘지 몰랐단다.

아빠와 엄마, 나는 7시 30분에 조용히 밖으로
나와 문을 닫았어. 내가 작별 인사를 한 것은 우리
집 고양이뿐이었어. 고양이 모르체는 딴 집에 가

도 잘 살 거야. 나는 2층에 세 들어 사는 하우트슈
미트 씨한테 모르체를 잘 보살펴 달라는 쪽지를
남겨 두었어.

부엌에는 고양이가 먹을 고기가 한 덩이나 있었
어. 식탁에는 아침 식사를 하고 난 그릇들이 그대
로 있었고 침대는 흐트러지고, 모든 것들이 어수
선했어.

하지만 아무래도 상관없었어. 우리는 이곳을 무사히 빠져나가 하루 빨리 안전한 곳으로 가고 싶을 뿐이야.

키티! 피곤해서 다음 이야기는 내일 계속해 줄게.


### 1942년 7월 9일 목요일

키티!

그렇게 해서 아빠와 엄마 그리고 나 세 사람은 비를 맞으며 나갔어. 손에는 여러 가지 물건을 넣은 무거운 가방이랑 쇼핑백을 들고 있었어.

거리에서 만난, 출근하는 사람들이 우리를 딱하다는 눈으로 보았어. 우리를 차에 태워 주겠다고 말하지 못해 무척 미안해 하는 얼굴이었지. 하지만 누구도 유난히 눈에 띄는 노란 별표를 달고 있는 유태인을 태워 줄 수는 없을 테니까.

큰길로 나오면서 그제야 아빠와 엄마는 앞으로의 계획에 대해 설명해 주었어. 벌써 몇 달 전부터 아빠와 엄마는 생활에 불편하지 않도록 필요한 물건들을 은신처로 옮겨 놓았대. 적어도 7월 16일까지는 모든 준비를 끝낼 생각이었다고 해.

그런데 어제 느닷없이 날아든 호출장 때문에 예정보다 열흘이나 앞당기지 않으면 안 되었대. 그 바람에 준비가 덜 되었지만 참고 살아갈 수밖에 없어.

은신처는 바로 아빠의 사무실이 있는 건물 안에 있어. 그 건물에는 사람들이 그다지 많지 않아. 크라렐 씨, 코프하이스 씨, 미프 아주머니 그리고 23세의 타자수 엘리 언니, 이 네 사람뿐이야. 그들은 우리 가족이 온다는 것을 다 알고 있어.

그 밖에 엘리 언니의 아버지인 포센 씨와 창고에서 일하는 두 소년에게는 그 사실을 비밀로 하고 있대.

그럼 이제 우리 은신처가 어떻게 생겼는지 설명해 줄게. 네가 이해하기 쉽도록 말이야.

건물의 1층에는 상점으로 사용하는 큰 창고가 있어. 창고 입구 옆에는 출입문이 있는데, 이 문을 들어서면 계단이 나와. 그 계단을 올라가면 '사무실'이라고 쓰여 있는 문이 있단다. 이곳이 제일 큰 사무실인데, 엘리 언니와 미프 아주머니가 일하고 있어. 아주 넓고 밝은 방이야.

그 옆으로 금고, 옷장, 커다란 찬장이 놓여 있는 어두운 창고가 있어. 거기서 다시 안쪽으로 들어가면 조금 작고 어두운 사무실이 있어. 전에는 이 방을 크라렐 씨와 판 단 아저씨가 사용했대. 그런데 지금은 크라렐 씨만 사용하는 코른 상회 사무실이야. 복도와도 통해 있지만, 문은 안에서 더 잘 열리도록 되어 있단다.

크라렐 씨 사무실에서 긴 복도를 따라가면 석탄 창고가 나와. 그 옆에 있는 계단을 올라가면 이 건물에서 제일 훌륭한 사무실이 있어. 최고급 가구들과 집기들이 놓여 있고, 그 옆방에 부엌과 화장실이 딸려 있단다. 여기가 바로 건물의 2층이야.

3층으로 연결된 나무 계단을 올라가면 양쪽에 문이 있어. 왼쪽 문은 창고와 다락방으로 올라가는 계단으로 통하고, 그 복도 끝으로 경사가 아주 가파른 계단이 나온단다. 거기에는 큰길을 내다볼 수 있는 창문이 있어.

오른쪽 문이 바로 우리의 은신처로 통하는 입구야. 이런 사무실 속에 이처럼 많은 방이 감추어져 있으리라고는 아무도 상상할 수 없을 거야.

은신처 입구에는 4층으로 올라가는 가파른 계단이 있고, 왼쪽으로 난 좁은 복도를 지나가면 우리 가족이 사용하게 될 거실 겸 안방이 나와. 그 옆에 있는 작은 방이 언니와 내가 쓰는 공부방 겸 침실이야.

입구 오른쪽 창문이 없는 방에는 부엌과 화장실이 있어. 언니와 내가 쓰는 방에서도 부엌으로 통하는 문이 있단다.

4층엔 아주 큰 방이 있어. 프린센 운하가 내려다보이는 곳인데, 옛날에 실험실로 썼던 방이기 때문에 가스레인지와 싱크대가 갖추어져 있어. 덕분에 판 단 아저씨 부부가 부엌 겸 거실로 쓰기에 손색이 없어 보여.

그 옆의 작은 방은 판 단 아저씨의 아들인 페터

가 쓸 거야. 그 밖에도 커다란 다락방이 있단다.

자, 어때? 지금까지 너에게 우리들이 앞으로 살아갈 훌륭한 은신처를 소개한 거야.


**1942년 7월 10일 금요일**

키티!

어제는 내가 은신처의 구조만 이야기해서 좀 지루했지? 하지만 넌 내 친구니까 우리가 어떤 곳에서 살고 있는지 알아야 해. 그러니 어제 미처 하지 못한 이야기를 계속할게.

우리 세 사람이 사무실에 도착하자 미프 아주머니가 재빨리 우리를 은신처로 안내했어. 모두 안으로 들어가자 미프 아주머니가 문을 닫았어. 이미 도착한 마르고트 언니는 은신처에서 우리를 기다리고 있었단다.

방이란 방은 모두 정신없이 어질러져 있었어. 몇 달 전부터 물건들을 옮기느라 사용했던 상자들이 방바닥과 침대에 널려 있었단다. 그것들을 모두 치워야 밤에 깨끗한 침대에서 잘 수 있게 생겼어. 그런데 엄마와 언니는 이미 지쳐서 침대 위에 축 늘어져 있었지.

　아빠와 나는 어쩔 수 없이 팔을 걷어붙이고 방을 정리하기 시작했어. 하루 종일 가방을 풀어 옷들을 정리하고 마룻바닥도 닦았어. 덕분에 그날 밤 우리는 깨끗한 침대에서 잘 수 있었단다.

　그날은 아침부터 따뜻한 음식이라고는 전혀 못 먹었지만, 우린 아무렇지도 않았어. 엄마와 언니는 먹고 싶은 생각이 없었고, 아빠와 난 너무 바빠서 먹을 틈이 없었다니까.

　다음 날에도 전날 못 한 집안 정리를 계속했어.

엘리 언니와 미프 아주머니는 우리 식구를 위해 배급을 타러 갔어. 아빠는 등화관제 때 불빛이 새어나가지 않도록 문과 창틀 등을 고쳤어. 우리는 부엌 마루를 닦고 깨끗이 청소했지.

그동안은 너무 바빴기 때문에 내 주변에 일어난 큰 변화에 대해 생각해 볼 틈이 없었어. 오늘이 되어서야 여유가 생겼단다. 그래서 너에게 이야기를 할 수 있는 거야.

Anne Frank: The Diary of a Young Girl

안네의 일기

# 판 단 아저씨네 가족

**1942년 8월14일 금요일**

키티!

참 오랜만이지? 한 달 동안이나 소식을 전하지 못했어. 솔직히 너에게 이야기할 만한 재미있는 사건이 전혀 없었어.

판 단 아저씨 가족은 7월 14일에 오기로 되어 있

었는데 13일에서 16일 사이에 독일군이 갑자기 이 사람, 저 사람에게 호출장을 보냈다고 해. 그래서 판 단 아저씨 가족은 예정보다 하루 전인 13일에 부랴부랴 피신해 왔단다.

우리가 아침 식사를 하고 있는데, 판 단 아저씨의 아들인 페터가 제일 먼저 나타났어. 곧 열여섯 살이 된다고 하는데, 부끄럼을 타고 순진해 보이는 아이였어.

그런데 페터를 보는 순간 난 실망했어. 같이 어울려도 별로 재미있는 친구가 될 것 같지 않아서야. 페터는 무쉬라는 고양이를 안고 왔어.

페터보다 30분 정도 늦게 판 단 아저씨 부부가 왔는데, 아주머니가 침실에 두는 커다란 요강을 모자 상자 속에 넣어 가지고 왔어. 그래서 모두들 웃음을 참느라 얼마나 고생했는지 몰라. 아주머

니는 어딜 가든지 요강을 가지고 다녀야 안심이
된다고 했어.

우리는 그것을 어디에 두면 좋을지 망설이다가
결국 침대 옆에 있는 의자 밑에 두기로 했어. 판
단 아저씨는 접을 수 있는 탁자를 들고 왔단다.

판 단 아저씨는 우리가 모르는 여러 가지 소식
을 들려주었어. 우리가 숨어 지낸 일주일 동안 일
어난 일들 말이야.

"당신들이 집을 떠난 뒤에 말이에요, 월요일 아
침 9시에 하우크슈미트 씨가 전화를 걸어서 날더
러 와 달라는 거예요. 내가 즉시 달려가 보니까 그
는 몹시 흥분해 있었어요. 그는 당신네들이 남기
고 간 편지를 내게 보이면서, 편지에 쓰여 있듯이
고양이를 이웃집에 주겠다고 그러더군요.

그리고 집을 수색 당할까 봐 두려워하기에 둘이

서 집을 정리했지요. 그러다가 아주머니 책상 위에서 마스트리히트의 주소가 적힌 쪽지를 발견했어요. 일부러 깜짝 놀란 척을 했지요. 난 그 불길한 종이쪽지를 당장 태워 버리라고 했어요.

그 쪽지를 보자 문득 좋은 생각이 떠올랐어요. 그래서 하우트슈미트 씨한테 말했지요.

몇 달 전에 우리 사무실에 독일군 장교가 찾아왔다고 했죠. 그분은 프랑크 씨와는 아주 친한 모양이었는데, 무슨 곤란한 일이 생기면 언제든지 도와주겠다고 했다고요. 그 독일군 장교가 마스트리히트에 머물고 있는데, 아마 프랑크 씨 가족을 벨기에로 탈출하게 하고 거기서 다시 스위스로 도망가게 했을 거라고 말했지요. 그랬더니 며칠 후에 당신네 가족이 그 장교의 도움으로 벨기에를 거쳐 스위스로 갔다는 소문이 쫙 퍼졌답니다.”

우리 가족은 아저씨의 이야기를 재미있게 들었어. 그리고 판 단 아저씨가 우리 가족에 대한 엉뚱한 소문을 이야기했을 때에는 배를 움켜잡고 웃음을 터뜨렸지.

어떤 사람은 언니와 내가 아침 일찍 자전거를 타고 집을 떠나는 것을 봤다고 하고, 또 어떤 아주머니는 우리가 한밤중에 군용 트럭에 실려 가는 것을 보았다고 했대.

정말 사람들은 제멋대로 상상한다는 걸 알았다니까.


**1942년 8월 21일 금요일**

키티!

우리의 은신처 입구는 정말 교묘하게 위장되어

있어. 원래는 그냥 문이었는데, 우리가 오면서 책장으로 문 앞을 막아 버린 거야.

독일군이 숨겨 놓은 자전거를 찾아내기 위해 수시로 집들을 수색하기 때문에 그렇게 한 거야. 겉으로 보기엔 책장인 줄 알지만, 문처럼 열고 닫을 수 있게 만들었단다.

책장을 놓기 위해 문으로 올라오는 계단을 없애 버렸기 때문에 아래층으로 내려가려면 허리를 구부리고 뛰어내려야 해.

처음 얼마 동안은 낮은 문틀에 이마를 부딪혀서 모두들 혹이 생겼지만, 지금은 문 위에 톱밥을 넣은 자루를 붙여 놓아서 그런 일은 없어졌어.

나는 요즘 별로 공부를 하지 않아. 9월까지는 그냥 쉬기로 했단다. 아빠가 직접 가르쳐 주기로 했거든. 이곳 생활은 거의 변화가 없어.

  키티야, 난 판 단 아저씨가 마음에 들지 않아. 그
래서 그런지 아저씨와 번번이 다투곤 해. 그런데
언니는 이상하게도 판 단 아저씨의 귀여움을 독
차지하고 있단다.

또 엄마는 날 너무 어린애 취급을 해서 화날 때가 있어. 그 밖의 일은 점점 괜찮아지고 있단다.

아참, 페터를 깜박했네. 난 페터를 좋아할 수가 없어. 그 애는 정말 따분한 아이야.

반나절 내내 침대에서 뒹굴다가 아주 가끔 목공일을 한단다. 하지만 그것도 오래가지 않아. 다시 침대로 기어 들어가 낮잠을 자고 있거든. 아주 게으름뱅이야!

오늘은 날씨가 참 좋아. 비록 숨어 사는 처지이지만, 이렇게 햇볕이 환한 날은 창문을 열어 놓는단다. 우리는 다락방에 캠프용 침대를 놓고 열린 창으로 들어오는 햇볕을 쬐면서, 좀 더 즐겁게 지내려고 애쓰고 있어.

## 1942년 9월 27일 일요일

키티!

방금 전에 엄마하고 언짢은 일이 있었어. 요즈음 나는 엄마와 늘 의견이 맞지 않고, 언니와도 그다지 사이가 좋지 않아. 전에는 이렇게까지 다투지는 않았는데 말이야.

요새 엄마와 언니의 성격을 도저히 이해할 수 없어. 나는 언제나 엄마보다 친구들의 기분을 더 잘 이해할 수 있으니, 기가 막힐 일이지!

게다가 판 단 아주머니는 걸핏하면 화를 내. 그래 놓고는 언제 그랬나 싶게 또 기분이 좋아져. 그리고 자기 물건을 하나씩 숨기고 있단다. 우리 엄마도 판 단 아주머니처럼 그렇게 똑같이 맞서서 해 주면 좋겠어.

세상에는 남의 자식 버릇까지 자기 자식처럼 고

치려고 하는 사람들이 있어. 바로 판 단 아저씨 부부가 그렇단다. 언니는 얌전하고 순하니까 별 문제가 없지만 난 그렇지 못해. 늘 언니 몫까지 하고 싶은 이야기를 다 하는 편이거든.

판 단 아저씨와 아주머니는 나에게 잔소리를 심하게 해. 식사 때마다 나를 꾸짖는 소리와 내가 말대꾸하는 소리가 오가는 것은 너도 알고 있겠지?

그때마다 아빠와 엄마가 내 편을 들어 주니까 그나마 다행이란다.

식사를 할 때, 내가 싫어하는 야채를 먹지 않고 감자만 먹는다고 꾸짖기 시작해. 그러면서 아이들은 하고 싶은 대로 하게 내버려 두면 안 된다는 거야.

"안네야, 야채도 좀 먹어야지."

하고 간섭을 하는 거야.

"괜찮아요. 감자를 많이 먹으니까요."

내가 대답해도 들은 척을 안 해.

"야채는 몸에 좋단다. 네 엄마도 그렇게 말씀하시잖니? 어서 더 먹어라."

하며 억지로 먹으라는 거야. 그럴 때엔 아빠가 내 편을 들어 주거든. 그러면 아주머니는 또 이렇게 말하지.

"네가 우리 집에 태어났으면 좋았을걸. 우린 엄하게 잘 가르쳤을 거야. 안네가 버릇없이 크면 안 돼요. 만일 우리 딸이라면 가만두지 않을 텐데."

'안네가 우리 딸이라면'이란 말은 아주머니가 입버릇처럼 하는 말이야. 내가 아주머니의 딸이 아니어서 정말 다행이지!

'가정교육'이란 말로 아주머니가 한바탕 잔소리를 하면 분위기가 썰렁해지고 어색한 침묵이 흘러.

그러자 한참 만에 아빠가 말했어.

"안네는 잘 자랐다고 생각해요. 어쨌든 안네는 부인의 설교가 길어도 말대꾸를 하지 않고 참고 있으니까요. 그리고 야채를 먹어야 한다고 하시면서, 부인 접시를 좀 보세요."

아주머니는 꿀 먹은 벙어리가 되었어. 아주머니 접시에도 야채가 많이 남아 있었단다. 결국 아주머니가 진 셈이지.

아주머니는 접시에 남은 야채를 말없이 먹었어. 그러고는 뭐라고 말한 줄 알아?

"사실 저녁에 야채를 많이 먹으면 변비가 생겨서요."

나에게 잔소리를 하지 않았으면 그런 엉터리 변명은 하지 않아도 되었잖아. 아주머니는 얼굴이 빨개졌지. 나는 아무렇지 않은 얼굴을 하고 있었는데, 또 그 점이 마음에 들지 않았는지 아주머니는 화가 난 표정이었단다.

Anne Frank: The Diary of a Young Girl

안네의 일기

# 우울한 나날들

**1942년 10월 9일 금요일**

키티!

오늘은 슬프고 우울한 이야기뿐이야.

수많은 유태인들이 게슈타포에게 강제로 끌려

가고 있어. 게슈타포는 독일 나치의 비밀경찰이

야. 그들은 피도 눈물도 없어 보여. 유태인들을 가

축 운반용 트럭에 마구 태워 베스테르부르크의
수용소로 보낸다고 해.

베스테르부르크! 이름만 들어도 소름이 끼쳐.
그 수용소에는 세면장이 하나밖에 없다고 해. 화
장실은 아예 만들어 놓지도 않았대. 그곳에 끌려
가면 누구나 머리를 다 깎아 버린대. 그래서 유태
인이라는 표시가 나서 감히 탈출할 수도 없는 거
야.

거기에다 남자, 여자 구분 없이 한 군데서 자기

때문에 여자들은 수치스러운 일을 많이 당한다고 해. 어린 소녀도 임신한 경우가 있다고 하니 정말 끔찍하지!

네덜란드에서도 이렇게 심한데, 그보다 더 먼 곳으로 끌려간 사람들은 어떻게 되었을까?

대부분 학살당했을 거라고 생각해. 영국 방송에서는 그들이 독가스로 학살되었다고 말한단다. 듣기만 해도 가슴이 터질 것 같아. 아마 가스를 사용하는 것이 나치로서는 가장 빠르고 편리하게 우리를 죽이는 방법이겠지.

미프 아주머니가 그런 끔찍한 이야기를 들려줄 때 나는 듣지 않으려고 애를 쓰지만 결국 듣지 않을 수 없어. 미프 아주머니도 치를 떨면서 이야기를 해 주었단다.

최근에 있었던 일이래. 미프 아주머니네 문 앞

에 가난한 절름발이 유태인 할머니가 앉아 있었대. 게슈타포가 그 할머니한테 기다리라고 명령하고 트럭을 가지러 갔던 거야. 그 할머니는 하늘을 날고 있는 영국 비행기를 향해 쏘아 대는 대포와 번쩍이는 탐조등의 빛에 겁을 먹고 벌벌 떨면서도 그대로 앉아 있었대.

그 모습을 본 미프 아주머니는 속으로 안타까웠지만 할머니를 집 안으로 들일 수 없었대. 누구도 그런 위험한 일을 하지는 못할 거야. 만약 들키면 독일군에게 끌려가 무슨 벌을 받게 될지 알 수 없거든.

엘리 언니도 무척 시무룩해졌어. 남자 친구 딜크가 독일로 끌려가 버렸기 때문이야. 독일군이 되어 연합군과 싸우게 된 거야. 엘리 언니는 하늘을 날고 있는 연합군 비행기만 보아도 가슴이 조마조마해진다고 해. 혹시 연합군 비행기가 어마어마한 폭탄을 딜크가 있는 곳에 떨어뜨릴까 봐 말이야.

물론 끌려간 사람은 딜크만이 아니야. 매일 수많은 청년들이 기차에 실려 끌려가고 있단다. 기차가 도중에 역에 멈추었을 때 기회를 엿보아 도망치는 사람도 있지만, 성공하는 사람은 아주 드물어.

나쁜 소식은 이게 다가 아니야. 너는 '인질'이라는 말을 들어 보았니? 이름만 들으면 알 수 있을 만한 사람이면서 아무 죄가 없는 시민을 감옥에 가둔단다. 만일 파괴 활동을 한 범인을 찾아내지 못하면 게슈타포는 그때마다 다섯 명쯤의 인질을 벽에 세우고 총으로 쏘아 죽이는 거야. 이따금 이 사람들의 죽음이 신문에 실리는데, 정말 어처구

니없게도 사고로 죽었다고 거짓말을 발표한단다.
이것은 시민들의 저항 활동을 막기 위해 독일군
이 생각해 낸 새로운 처벌 방법이란다. 어떻게 이
런 잔인하고 끔찍한 일이 있을 수 있을까?

독일 사람들은 어쩌면 이렇게 영리한 국민일
까? 나도 한때는 독일 국민의 한 사람이었다고 생
각하니 견딜 수가 없어. 히틀러는 우리에게서 국
적을 빼앗아 갔어. 이제 독일인과 유태인은 한 하
늘 아래서 함께 살 수 없는 원수가 되었어.

**1942년 11월 7일 토요일**
키티!
아빠와 엄마는 왜 언니 편만 들고 무엇이든 나
쁜 것은 전부 내 탓으로 돌리는지 모르겠어.
어제 저녁때 있었던 일만 해도 그래. 언니는 예

쁜 그림이 있는 책을 읽다가 책을 식탁 위에 놓아
둔 채 아래층으로 내려갔어. 나는 마침 별로 할 일
이 없어서 그 책을 뒤적거렸어. 그림도 구경하면
서 본 거야.

잠시 후, 아래층에서 돌아온 언니는 나보고 언짢은 표정을 지으며 책을 돌려달라고 했어. 내가 조금만 더 보겠다고 하자 언니는 막 화가 난 표정을 지었어.

그러자 엄마가 나에게 말했어.

"언니가 읽던 책이니 어서 돌려줘라."

마침 그때 아빠가 들어왔어. 아빠는 어떻게 된 일인지 묻지도 않고 언니의 화난 얼굴을 보더니,

"만일 네가 보던 책을 언니가 빼앗아 본다면 넌 기분이 어떻겠니?"

하며 나를 야단치듯 말하는 거야.

나는 얼른 책을 던져 놓고 방에서 뛰쳐나왔어. 모두들 내가 화가 났을 거라고 짐작하겠지만, 사실은 그저 슬프기만 했어.

우리가 다툰 원인도 모르면서 아빠가 무조건 나

를 나쁘다고 단정하는 것은 옳지 않다고 봐.

아마 아빠랑 엄마가 나서서 그렇게 언니 편을 들지 않았다면 나는 벌써 언니에게 책을 돌려주었을 거라고.

엄마는 항상 언니 편이야. 언제나 언니만 감싸고 위한단다. 나는 이미 그런 일에 익숙해져서 엄마의 잔소리나 언니의 토라진 기분 따위 전혀 신경을 쓰지 않아.

난 물론 엄마랑 언니를 사랑하고 있어. 하지만 그것은 나의 엄마이고 언니이기 때문이야.

그러나 아빠의 경우는 완전히 다르단다. 만약 아빠가, 언니가 한 일을 칭찬하거나 언니를 착한 사람의 본보기로 말하면 내 가슴속에서는 뭔가 슬픔 같은 것이 솟구쳐 올라와. 그건 내가 아빠를 몹시 좋아하기 때문이야. 내가 존경하는 사람은 아빠뿐이거든.

그런데도 아빠는 언니와 나를 차별하고 있다는 사실을 모르는 것 같아. 언니가 예쁘고 귀엽고 상냥한 소녀인지는 모르지만, 나 역시 소중한 대접을 받을 권리는 있다고 생각해.

우리 집에서 나는 언제나 버릇없는 바보 취급을 받아 왔어. 무슨 일을 하든지 처음부터 꾸중을 들어 마음이 상하게 돼. 그래서 같은 일을 하는데도 언니보다 두 배로 힘이 드는 거야. 그렇게 아빠랑 엄마가 무조건 언니 편을 드는 것을 더 이상 참을 수 없어.

내가 언니를 질투하는 건 아니야. 지금까지 언니를 질투해 본 적은 별로 없어. 언니가 예쁘고 귀여운 것도 부럽다고 느끼지 않아. 내가 간절히 바라는 것은 아빠의 진정한 사랑뿐이란다. 단지 아빠의 딸로서만이 아니라 '안네'라는 한 인격체로서 사랑을 받고 싶은 거야.

내가 이토록 아빠를 좋아하는 것은 아빠를 통해서만 조금이나마 가족에 대한 사랑을 느낄 수 있기 때문이야. 그런데도 아빠는 내가 엄마에 대한 감정을 가끔 폭발시킬 필요가 있다는 것을 이해하지 못해. 내가 엄마의 안 좋은 점을 이야기하려고 하면 아빠는 처음부터 피하고 받아 주지를 않는 거야.

나에게만 잘못이 있다고는 생각하지 않아. 엄마와 나는 모든 점에서 정반대야. 그러니까 자주 다투는 게 당연한 건지도 몰라. 엄마의 성격에 대해 좋다, 나쁘다 말할 생각은 없어. 다만 나는 엄마를 오직 엄마로만 바라볼 뿐이야.

하지만 엄마는 내게 별로 엄마답지 못한 점이

많아. 이렇게 되면 이제 나 스스로 나의 엄마가 되어야 할까?

지금의 나는 우리 집안에서 외톨이야. 나 자신이 내 운명이라는 배의 키를 잡고 가는 인생의 항해사인 셈이지.

내가 이런 생각을 하는 이유는 내 마음속에 '어머니란, 아내란 이런 모습이어야 한다.'는 생각이 있기 때문이란다. 그러나 실제로 우리 엄마는 그런 모습을 별로 가지고 있지 않아.

가장 나쁜 점은 엄마도 아빠도 내 마음속에 있는 감정을 이해해 주지 않는다는 거야. 그래서 아빠랑 엄마한테 섭섭하고 슬픈 거야.

키티, 이 세상에 아이들을 완전히 만족시켜 주는 부모는 없는 것일까?

나는 이따금 하나님께서 나를 시험하신다는 생

각이 들어. 나는 본받을 만한 사람이나 누구의 충고도 받지 않고, 스스로의 힘으로 훌륭한 사람이 되어야 해. 그렇게 되면 난 보다 강해지겠지.

지금 쓰고 있는 이 일기를 다른 누군가가 볼까? 어느 누구에게서 위로를 받을 수 있을까? 아, 나는 가끔 위로를 받고 싶단다. 약한 내 자신을 느끼면서 처량한 느낌도 들어. 나는 부족한 점이 너무나 많고, 나도 그것을 알고 있기 때문에 고치려고 노력한단다.

어른들이 나를 대하는 태도는 날마다 달라져. 어떤 날은 안네가 매우 영리해서 무엇이든 잘 배운다고 하고, 또 다른 날은 안네가 책에서 많은 지식을 배운 줄 알았는데 사실은 아무것도 모르는 바보라는 말을 하기도 해.

나는 이미 아기도 아니고 응석받이도 아니야. 아직 완벽하게 표현할 수 없지만 내게는 나만의 의견과 계획, 이상이 있어.

키티, 널 찾게 된 것은 바로 이런 내 마음 때문이야. 너는 참을성이 있어서 내 말을 끝까지 들어 주겠지? 나는 무슨 일이 있어도 눈물을 삼키고, 고통 속에서도 내 자신의 길을 스스로 찾아내겠다고 너에게 약속하겠어.

지금 내가 바라는 것은, 내가 노력한 결과를 보고 가끔은 나를 사랑해 주는 사람이 있었으면 하는 거야. 때론 그 사람으로부터 격려도 받고 싶어.

키티! 이런 나를 꾸짖지 말아 줘. 가끔은 나도 가슴 깊숙이 묻어 둔 감정을 폭발시키고 싶을 때가 있다는 것을 알아 주었으면 해.

Anne Frank: The Diary of a Young Girl

안네의 일기

# 여덟 번째로 생긴 식구

**1942년 11월 10일 화요일**

키티!

굉장한 소식을 전해 줄게.

우리 은신처에 새로운 식구가 한 명 더 오게 되었어. 여덟 번째 식구를 맞이하게 된 거야. 우리는 언제나 한 사람 분 정도의 공간과 식량이 남는다고 생각하고 있었어. 단지 코프하이스 씨나 크라렐 씨에게 더 이상 폐를 끼치기 미안했을 뿐이지.

그러나 최근 유태인에 대한 독일군의 탄압이 점점 심해지고 있기 때문에, 아빠가 한 사람이라도 더 구하면 어떨지 두 분에게 물었어. 고맙게도 두 분은 일곱 사람이나 여덟 사람이나 어차피 위험한 건 마찬가지라면서 찬성했대.

그렇게 선택된 사람이 바로 알베르트 뒤셀이라는 치과 의사야. 다행히 그의 부인은 전쟁이 일어났을 때 외국에 있었대. 우리와 잘 아는 사이는 아니지만, 점잖은 성품을 가진 분이래. 우리 두 가족과 마음이 잘 맞을 것 같아서 뒤셀 씨가 선택된 거래. 모든 연락과 준비는 미프 아주머니가 맡기로 했어.

## 1942년 11월 17일 화요일

키티!

뒤셀 씨가 왔단다. 모든 일이 잘 되었어.

우리는 4층 거실의 탁자 주위에 둘러앉아 기다리고 있었어. 새로운 식구를 환영하기 위해 커피와 포도주를 준비해 놓았지.

미프 아주머니에게서 우리가 4층에 숨어 살고 있다는 말을 들은 뒤셀 씨는 기절할 만큼 놀랐어. 뒤셀 씨는 의자에 털썩 주저앉더니 마음을 진정시키느라 한참 동안 멍하니 있었단다. 그러고는 우리를 쳐다보며 띄엄띄엄 말했어.

"너무나 놀랐어요. 그럼 벨기에로 간 게 아니로군요. 그 독일 장교인가 뭔가 하는 건…… 오지 않았나요? 결국 멀리 가는 건 성공하지 못하셨군요."

그 말을 들은 아빠는 뒤셀 씨한테 모든 것을 설명해 주었지. 독일군 장교니, 자동차니 하는 이야기는 사람들을 속이기 위해 일부러 꾸며서 퍼뜨린 거라고. 독일군이 우리의 행방을 추적할까 봐 그렇게 꾸민 것이었다고 말이야.

뒤셀 씨는 우리의 교묘한 방법에 놀랍다는 말만 되풀이했어. 이어서 미프 아주머니가 이 건물의 내부 구조에 대해 설명해 주자 또 한 번 놀라면서 주위를 둘러보았단다.

다 함께 점심 식사를 하고 난 뒤에, 뒤셀 씨는 잠깐 낮잠을 잤어. 그러고 나서 미프 아주머니가 미리 갖다 놓은 자기 짐을 정리했어. 그러면서 뒤셀 씨는 차차 마음이 안정되는 것 같아.

## 1942년 11월 19일 목요일

키티!

뒤셀 씨는 우리가 짐작했던 대로 참 좋은 분이야. 우리랑 같이 방을 쓰게 된 건 좀 불편하지만 말이야. 사실 나는 다른 사람이 내 물건에 손대는 것이 싫어. 하지만 좋은 일을 하기 위해서는 희생이 필요하니까. 서로를 위해서 양보할 수 있는 건 양보해야 한다고 생각해.

아빠는 단 한 사람이라도 더 구할 수 있다면 다른 일은 아무것도 아니라고 말했어. 나도 정말 옳은 말이라고 생각해.

이곳에 도착한 날, 뒤셀 씨는 나에게 이것저것 물어 보았어. 청소부는 언제 오는지, 욕실은 언제 사용할 수 있고, 화장실은 또 언제 쓸 수 있는지를 말이야. 너는 웃음이 나올지 모르지만, 이러한 일들은 은신처 생활에서 아주 중요한 문제란다.

낮에는 모두가 아래층에 소리가 들리지 않도록 조심해야 해. 특히 외부 사람, 예를 들어 청소부가 일하고 있을 때엔 숨소리도 내면 안 돼.

나는 뒤셀 씨에게 이런 것들을 자세히 설명해 주었단다. 그런데 이해가 잘 안 되는지 뒤셀 씨는 자꾸 물어 봐. 같은 말을 두세 번씩이나 해 주었는데도 금방 잊어버리나 봐.

그래도 앞으로는 좋아지겠지. 갑자기 여러 가지 일들이 닥쳐서 뒤셀 씨 머릿속이 혼란스러운 탓일 거야. 그것 말고는 다 괜찮아.

뒤셀 씨는 우리가 오랫동안 보고 듣지 못한 바깥세상 소식을 많이 알려 주었어. 다 슬프고 끔찍한 소식들뿐이란다.

수많은 친구들과 친척들이 나치에게 끌려가 비

참하게 죽음을 맞이한다고 해. 매일 저녁, 유태인을 가득 태운 녹색 또는 회색 군용 트럭이 지나간대. 게슈타포들은 집집마다 돌아다니며 유태인을 찾고, 찾아내기만 하면 당장 수용소로 끌고가 버린대.

우리 유태인은 은신처에 숨어 살지 않는 한 독일군의 눈을 벗어나지 못할 거야.

때때로 게슈타포들은 유태인의 이름이 적힌 장부를 들고 다니면서 숨어 있을 만한 집을 습격한대. 때로는 유태인 한 사람당 얼마씩 돈을 바치면 슬며시 놓아 주기도 한대.

마치 옛날의 노예사냥과 같아. 거짓말처럼 들리겠지만, 이건 너무나 비참한 우리의 현실이란다.

해질 무렵, 창가에 숨어서 자주 보게 되는 모습이 있어. 착하고 죄 없는 사람들이 울부짖는 어린

자식들을 데리고 줄지어 터벅터벅 걸어가는 모습이야.

독일군은 쓰러지는 사람들을 떠밀거나 발로 걸어찬단다. 그중에는 노인이나 어린아이, 임신한 여인, 환자들도 있어. 모두 두려움에 떨면서 죽음의 행진을 하는 거야.

이런 추운 밤에도 내 친한 친구들 중 누군가는 독일군에게 얻어맞고 쓰러져 거리에 내동댕이쳐지고 있을 텐데! 그런데 나만 이렇게 따뜻한 침대에서 잔다는 게 정말 죄를 짓는 것만 같아 괴로워.

내 친구들이 이 세상에서 가장 잔인한 짐승들의 손아귀에 넘어갔다고 생각하면 소름끼치게 무서워. 단지 유태인이라는 이유 때문에!

## 1943년 1월 13일 수요일

키티!

새해가 되었지만 오늘 아침에도 마음이 너무 복잡해서 무엇 하나 마음을 정하여 제대로 할 수가 없구나. 너무 슬퍼.

바깥세상은 정말 비참하고 무서워. 불쌍한 유태인들은 밤낮없이 끌려가고 있어. 그들은 가방 하나와 약간의 돈만 가져갈 수 있는데, 그것마저 도중에 빼앗겨 버린단다.

남자, 여자 그리고 아이들은 각자 따로 떨어져서 뿔뿔이 흩어져. 아이들이 학교에서 돌아와 보면 현관에 못질이 되어 있고, 가족들이 보이지 않는 일도 있어.

네덜란드 사람들 역시 걱정하고 있단다. 다 큰 아들들이 자꾸만 독일로 끌려가니까 다들 불안에 떨고 있대.

매일 밤, 수백 대의 비행기가 네덜란드 하늘을 지나 독일을 폭격하러 간단다. 독일의 도시들은 폭탄을 맞아 쑥대밭이 되고 있대. 또 소련과 아프리카에서는 매 시간마다 수천 명의 사람들이 죽어 가고 있어.

아무도 이 현실을 피할 수는 없어. 전 세계가 전쟁의 끔찍한 소용돌이에 휩싸인 거야.

라디오에서는 연합군이 유리하다고 전쟁 상황을 방송하고 있지만, 전쟁이 언제 끝날지는 아무도 예측할 수 없단다.

고통받고 있는 사람들을 생각한다면 무엇이든 조금이라도 더 절약하고 지금의 생활에 감사해야 옳겠지. 그런데도 우리는 부끄럽게도 더 편하게 살고 싶다는 생각만 하고 있단다. 생각해 보면 우

리 정말 이기적이지 않니?

이 근처에 있는 아이들은 이렇게 추운 날에도 얇은 셔츠에 슬리퍼를 끌고 뛰어 다녀. 너무 배가 고파서 배고픔을 참으려고 시든 홍당무를 씹고 있단다. 추운 집에서 나와 추운 거리를 지나 학교에 가면 더욱 추운 교실이 기다리고 있을 뿐이야. 많은 아이들이 길 가는 사람에게 매달려 빵 한 개만 달라고 애걸하고 있어.

우리는 이 불행이 끝날 때까지 꾹 참고 기다리는 수밖에 없어. 유태인도, 기독교인도 모두 함께

기다리고 있어. 온 세계가, 이 끔찍한 고통의 시간이 끝날 때만을 간절하게 기다리고 있어.

하지만 한편에서는 지금도 죽음을 기다리는 사람들이 많이 있단다.

Anne Frank: The Diary of a Young Girl

안네의 일기

# 친구를 위한 기도

**1943년 1월 27일 토요일**

어젯밤에 생긴 일이야, 키티.

잠들기 바로 전에 갑자기 방문 앞에 그림자가 나타났어. 그것은 내 친구 한넬리였단다. 누더기 옷을 입고, 몹시 야위고 지친 모습으로 내 앞에 서 있는 거야.

한넬리는 슬픔이 가득한 눈으로 나를 원망하듯이 바라보았어. 마치 "안네, 어째서 우리를 버렸니? 도와줘, 제발 이 지옥에서 나를 구해 줘!" 하고 말하는 듯했어.

아, 전쟁이 끝날 때까지 한넬리가 살아 있을 수 있다면!

난 그저 하나님께 한넬리를 구해 달라고 기도할 뿐이야. 하나님, 제발 한넬리를 혼자 버려두지 말아 주세요.  그리고 내가 그 친구를 얼마나 생각하고 있는지, 걱정하고 있는지를 전해 주세요. 그러면 한넬리는 틀

림없이 참고 견딜 용기가 생길 거예요.

한넬리, 한넬리, 너를 그 고통으로부터 구해 줄
수만 있다면 얼마나 좋을까! 지금 내가 누리고 있
는 모든 것을 너에게 나눠 줄 수만 있다면······.

## 1943년 3월 27일 토요일

키티!

그동안 은신처에서 공부한 '빨리 적기' 연습이
끝났단다. 이제는 더 빨리 쓰는 연습을 하게 될 거
야.

요새 내가 열중하고 있는 것은 신화, 특히 그리
스와 로마의 신화야. 그것을 알고는 모두들 내가
잠깐 호기심을 가졌다가 말 거라고 한단다. 나 같
은 여자아이가 신화에 흥미를 가진다는 얘기는
들은 적이 없다면서.

키티, 그렇다면 내가 최초로 신화에 흥미를 가진 여자아이가 되어 볼까?

독일 정부에서 높은 지위를 가진 라우터가 이런 연설을 했어.

"유태인은 7월 1일 이전에 독일 점령 지역에서 나가야 한다. 4월 1일부터 5월 1일까지는 우트레히트 지방을 말끔히 청소한다(유태인이 마치 바퀴벌레이거나 한 것처럼). 그리고 5월 1일부터 6월 1일까지는 네덜란드의 전 지역을 청소한다."

불쌍한 유태인은 병이 들어 버림받은 가축 떼처럼 수용소로 끌려가고 있어.

아, 이제 이런 끔찍한 이야기는 그만할게. 생각만 해도 밤에 아주 무서운 꿈을 꾸게 되니까.

그래도 한 가지 좋은 소식이 있기는 해. 독일 노동성 건물에 누군가 불을 질렀단다. 또 며칠 후엔

누가 같은 방법으로 등기소에 불을 질렀어. 독일 경찰복을 입은 사람이 경비원의 눈을 속이고 건물 안으로 들어가서 중요한 서류를 불태웠대.

**1943년 4월 1일 목요일**

키티!

오늘은 만우절이지만, 나는 만우절 장난을 할 기분이 아냐. 항상 우리에게 용기를 주던 코프하이스 씨가 위궤양으로 쓰러졌대. 적어도 3주일 정도 누워서 치료를 받아야 한대.

엘리 언니는 독감에 걸렸고, 엘리 언니의 아버지인 포센 씨도 건강이 나빠져 다음 주에 병원에 입원해야 한대. 십이지장궤양에 걸렸다고 해.

다 우리를 도와주는 착한 분들인데 아프다니 마음이 무거워. 다들 빨리 낫기를 바랄 뿐이야.

## 1943년 5월 5일 토요일

키티!

은신처로 몸을 피하지 못한 다른 유태인들에 비하면 우린 행복한 편이지?

하지만 예전에 우리 집에서 행복하게 살던 때와 지금을 비교하면 우울해질 때가 많아. 우리가 너무 형편없는 생활을 하고 있다는 생각이 들어서 그래.

판 단 아저씨 부부는 추운 겨울 내내 홑이불 한 장으로 견디었단다. 배급 받는 비누가 모자라고, 질도 나빠서 빨래를 제대로 할 수 없기 때문이야.

아빠의 바지는 낡아서 너덜너덜해지고 넥타이도 많이 낡았어. 엄마의 속옷 역시 해져서 꿰맬 수도 없어. 내 속옷은 너무 작아져서 배꼽이 다 보인단다.

어젯밤에는 대포 소리가 정말 굉장했어. 어찌나 요란한지 네 번이나 잠에서 깨었단다.

나는 일어나서 소지품들을 꾸렸어. 그런 나를 보고 엄마가 한숨을 내쉬며 말했어.

"안네야, 넌 또 어디로 피란을 갈 생각이냐?"

우리가 다시 피란 갈 곳이 어디 있겠어? 도시나 시골 어디든 군인들이 유태인들을 잡으러 다니느라 발칵 뒤집혔는걸.

정말 나치들은 지긋지긋해.

Anne Frank: The Diary of a Young Girl

안네의 일기

# 아빠의 생일 선물

**1943년 6월 13일 일요일**

키티!

아빠가 내 생일 선물로 시를 써 주었단다. 그래
서 너한테 자랑하고 싶어. 지난 일 년을 돌아보면
서 아빠가 쓴 시는 너무 훌륭해.

너는 이곳에서 제일 어리지만,

이젠 어린애가 아니다.

인생은 아주 힘든 것이란다.

그래서 우리들은 모두 너의 선생님이

되어 주련다.

어른들은 경험이 많으니 우리들의 말을

듣고 배우도록 해라.

자신의 허물은 작아 보이고

남의 허물은 비판하기 쉬우며

더욱 크게 보인단다.

자신의 부족한 점을 고치는 건

쓴 약을 먹는 일 같지만

꼭 참고 노력해서 고치면

네 마음이 성숙해지는 데 큰 도움이 될 거란다.

가정의 평화를 지키기 위해 그렇게 해야 해.

그러는 동안 괴로움은 끝날 것이다.

너는 거의 하루 종일 책을 읽거나

공부를 하고 있구나.

도대체 지금까지 누가 이런 생활을 한

 적이 있을까?

너는 결코 지치지 않고 우리에게

 신선한 공기를 주는구나.


키티, 참 근사한 시라고 느끼지!

다른 사람들도 축하를 많이 해 주었어, 멋진 선물도 받았고. 그중에는 내가 제일 좋아하는 그리스와 로마의 신화를 다룬 두툼한 책도 있었단다.

과자도 많이 받았지. 다들 아껴 두었던 것을 나에게 준 거야. 그러니 난 은신처 식구들의 막내로서 넘치는 축하를 받은 거란다.

## 1943년 7월 23일 금요일

키티!

너에게 오늘은 재미있는 이야기를 해 줄게. 전쟁이 끝나고 나면, 그래서 우리가 다시 바깥세상에 나가게 되면 무엇을 가장 먼저 하고 싶은지 다들 한마디씩 했단다.

언니와 판 단 아저씨는 물을 철철 받아 놓은 목욕탕에서 마음 놓고 목욕을 하고 싶대. 판 단 아주머니는 크림 케이크가 먹고 싶다고 하고, 뒤셀 씨는 외국에 있는 부인을 만나고 싶은 생각뿐이래.

엄마는 맛있는 커피가 마시고 싶고, 아빠는 포센 씨를 만나러 가고 싶어 해. 페터는 영화를 실컷 보고 싶대.

나는 전쟁이 끝나면 너무 기뻐서 무엇부터 해야 할지 모르겠지만, 제일 먼저 자유롭게 지낼 수 있는 우리 집에 가고 싶어. 다음으로는 공부할 수 있고, 다정한 친구들이 있는 학교로 가는 거야!

아, 자유, 자유!

듣기만 해도 가슴이 기쁨으로 벅차올라.


### 1943년 7월 26일 월요일

키티!

어제는 엄청난 소동이 벌어졌어. 모두들 아직도 흥분이 가라앉지 않은 상태란다.

아침 식사를 할 무렵이었어. 첫 번째 공습경보가 울렸는데, 그것은 폭격기가 해안선을 통과했다는 경고일 뿐이라서 다들 신경 쓰지 않았어.

나는 머리가 몹시 아파서 아침 식사를 한 뒤에 한 시간쯤 누워 있었어. 그러다 아래층으로 내려갔단다. 아마 2시쯤 되었을 거야.

2시 30분에 사무실 일을 마친 엘리 언니가 사무용품을 정리하기도 전에 두 번째 공습경보가 울린 거야. 우리는 급히 3층으로 올라갔어. 그러자 5분도 지나지 않아 심한 폭격이 시작되었어. 대포 소리가 무시무시하게 들려왔단다. 건물 전체가 흔들렸어.

나는 가방을 꽉 부둥켜안고 있었어. 무언가 붙들고 있어야겠다는 생각밖에 없었거든.

30분쯤 지나자 공습은 약해졌지만, 다들 불안이 가시지 않았어.

페터가 다락방의 망보는 곳에서 내려왔을 때 뒤셀 씨는 큰 사무실에, 판 단 아주머니는 전용 사무실에 그리고 우리는 좁은 계단에 쪼그리고 앉아 떨고 있었어.

다락방에서 주위를 살피던 판 단 아저씨가 항구

쪽에서 검은 연기가 솟아오른다고 해서 나도 보러 올라갔어. 하지만 불난 것을 보는 것은 기분이 좋은 일이 아니니까, 우린 각자의 일을 하러 갔지.

저녁 식사 시간에 또 한 차례 공습경보가 울렸어. 그 소리를 듣는 순간 입맛이 싹 달아났어. 정말 오늘은 식사를 한 번도 제대로 하지 못했단다. 잇따른 공습경보, 폭격…….  우르르 꽝! 꽝! 정말이지 지옥이 따로 없었어.

새벽 2시에 또다시 비행기 소리가 들리고 대포 소리가 쿵쿵댔어. 새벽녘에 잠이 들었던 나는 그 소리에 깜짝 놀라 잠에서 깨어났어. 판 단 아저씨와 아빠가 내 옆에 있었어. 두 분은 굉장한 뉴스를 전해 주었어.

무솔리니가 물러나고, 이탈리아 국왕이 다시 나라를 다스리게 되었다는 소식이었어. 모두들 얼

마나 기뻤는지 몰라. 다들 감격의 눈물을 흘렸단
다.

오늘도 온종일 공습경보가 울렸어. 그렇지만 이
탈리아의 소식을 들으니 전쟁도 곧 끝날 거라고
생각해.

너도 그렇게 될 거라고 생각하니, 키티?

Anne Frank: The Diary of a Young Girl

안네의 일기

# 은신처에서의 생활

**1943년 8월 4일 수요일**

키티!

은신처에서 지낸 지 벌써 일 년이 넘었어. 너도 우리의 생활을 대강 알게 되었을 거야. 모든 것이 보통 사람들의 생활과는 아주 다르게 살고 있지.

네가 우리의 생활을 빠짐없이 알 수 있도록 하

루 일을 자세히 설명해 줄게.

우선 오늘 저녁과 밤부터 이야기하겠어.

밤 9시면 우리는 모두 잠잘 준비를 해. 이 시간은 언제나 소란스러워. 의자를 치우고, 벽에 세워 놓은 침대를 끌어내리고, 담요를 펴고. 그러면 방은 낮과는 전혀 다른 모양이 된단다.

나는 긴 의자에서 자는데, 길이가 1미터 반도 되지 않아서 의자를 더 놓아야 해.

페터가 씻고 나오면, 이번에는 내가 욕실에 가서 세수하고 몸을 깨끗이 씻어. 날씨가 더울 때는 가끔 벼룩이 물 위에 둥둥 떠다니기도 해. 그 다음 이를 닦고, 머리를 빗고 또 손톱을

손질하는데, 이 모든 것을 30분 안에 끝내야 한단다.

9시 30분. 급히 옷을 입고 비누와 더운 물을 담은 그릇, 머리핀, 팬티 등을 가지고 욕실을 나오지만 나는 다시 욕실로 불려 갈 때가 많아. 세면기에 붙어 있는 내 머리카락을 보고 다음에 들어간 사람이 한마디씩 하기 때문이야.

10시엔 전등을 끄고 잠자리에 들어.

하지만 불이 꺼졌어도 15분 정도는 침대의 삐걱거리는 소리나 한숨 소리가 들려와. 그러다가 곧 사방이 조용해져.

11시 30분이 되면 크라셀 씨 사무실에서 일하던 뒤셀 씨가 돌아와. 뒤셀 씨는 10분 정도 방 안을 이리저리 다니며 침대를 꾸며. 그러다가 잠이 들지.

새벽 3시. 나는 소변을 보고 싶어서 침대에서 일어나. 침대 밑에 요강이 놓여 있고, 그 밑에는 소변이 새지 않도록 고무 매트를 깔아 놓았어.

부득이 요강을 사용해야 할 때면 나는 숨소리도 죽인단다. 마치 산골짜기에서 떨어지는 시냇물 소리처럼 들리니까 말이야. 소변을 보고 난 후에 요강을 제자리에 밀어 넣고 다시 침대 속으로 기어 들어가지.

침대에 누워서 15분 정도 눈을 뜬 채 가만히 귀를 기울인단다. 혹시 아래층에 도둑이 들까 봐 걱정이 되어서 그래.

새벽 1시부터 4시 사이에 대포 소리가 들릴 때도 있어. 엄청난 소리에 난 금방 잠에서 깨어난단다. 그러면 급히 가운을 걸치고 슬리퍼를 신은 다음 베개와 손수건을 들고 아빠 방으로 달려가. 아빠의 침대로 기어 들어가면 어느 정도 무서움이 사라져 버리거든.

아침 6시 45분. 자명종이 따르릉 울리면 판 단 아주머니가 시계 뒤의 꼭지를 눌러서 자명종을 꺼 버려. 판 단 아저씨는 급히 일어나서 욕실로 간단다.

7시 15분. 다시 문이 삐걱 열리는 소리가 나면서 뒤셀 씨가 욕실로 가.

이렇게 해서 은신처의 하루가 새롭게 시작되는 거란다.


**1943년 8월 23일 월요일**

키티!

은신처에서의 일상생활을 좀 더 이야기하고 싶어.

아침에 시계가 8시 30분을 알리면 엄마와 언니는 불안해한단다.

"쉿! 아빠, 조용히……. 빨리 나오세요. 이제 소리를 내선 안 돼요. 조용히 걸으세요!"

욕실에 있는 아빠한테 언니가 속삭이는 말이야. 시계가 8시 30분을 가리키면 아빠는 방에 돌아와 있어야 해.

이때부터 물은 한 방울도 쓸 수 없고, 화장실도 사용할 수 없어. 여기저기 돌아다녀도 안 되고, 말할 때도 아주 조용히 해야 해. 사무실에 사람이 없으면 작은 소리까지 창고에 있는 사람들한테 다 들리기 때문이야.

8시 20분쯤 되면 4층 방문이 열리고, 조금 있으면 마룻바닥을 가볍게 톡톡톡 치는 소리가 들려. 내가 먹을 오트밀이 다 된 거야.

나는 위층으로 가서 죽을 접시에 덜은 다음, 다시 3층 내 방으로 돌아와.

그것을 먹고 난 후, 머리를 손질하고 요란한 소리를 내는 요강을 치우고 침대도 제자리에 갖다 놓는단다. 모든 행동을 아주 빨리 해야 해.

위층에서는 판 단 아저씨와 아주머니가 구두를 벗고 슬리퍼로 바꿔 신어. 이제 온 집 안이 고요해지지.

나는 책을 읽거나 공부를 해. 또 아빠는 디킨스의 책과 사전을 가지고 납작하고 삐걱삐걱 소리가 나는 침대에 가서 앉아.

침대에는 이렇다 할 매트리스도 없어. 베개를 두 개 포개 놓고 편안히 앉으면 좋을 텐데, 아빠는 괜찮다며 그냥 앉는단다.

엄마는 바느질을 하거나 뜨개질을 해. 언니가

읽던 책을 탁 덮어 버리면 아빠는 얼굴을 찌푸리다가 다시 책을 읽어. 엄마는 언니와 이야기를 하기 시작하고, 나는 호기심에 끌려 귀를 기울이지. 아빠도 가끔 이야기에 끼어든단다.


### 1943년 9월 10일 금요일

키티!

너에게 편지를 쓸 때마다 좋은 일보다 나쁜 일이 훨씬 많구나.

이탈리아가 전쟁에서 항복했다는 소식을 들었단다. 모두들 라디오 주위에 모여 앉아 뉴스를 들었거든.

"전쟁이 시작된 이래 가장 통쾌한 소식을 알려 드리겠습니다. 이탈리아가 항복했습니다!"

이탈리아가 무조건 항복했대!

하지만 우리에게는 아직 걱정거리가 있어. 바로 코프 하이스 씨의 건강 말이야. 너도 알다시피 우리는 다 그분을 좋아해. 그분은 요즘 들어서 건강이 더욱 나빠지셨어. 그래서 음식도 잘 먹지 못하고, 많이 걸을 수도 없어. 그렇지만 언제나 쾌활하고 용감해서 우리를 기분 좋게 해 준단다.

"코프하이스 씨가 오시니까 마치 태양이 빛나는 것 같아요."

며칠 전에 엄마는 이렇게 말했어.

사실이 그래. 코프하이스 씨는 이번에 위궤양 수술을 받기 위해 오랫동안 병원에 입원해야 한대.

코프하이스 씨는 나쁜 상황인데도 평소처럼 우리에게 "안녕!" 하며 작별 인사를 했단다. 그때 그분의 모습이 정말 멋있었어. 마치 잠깐 볼일을 보고 올 것처럼 떠났단다.

## 1943년 11월 11일 목요일

키티!

오늘은 너에게 보내는 편지에 '내 만년필의 추억에 바치는 시'라는 제목을 붙이겠어. 어때, 괜찮은 제목이지?

만년필은 가장 소중한 내 재산 목록 1호였어. 특히 굵은 펜촉이 마음에 들었는데, 펜촉이 굵을수록 글씨를 잘 쓸 수 있단다. 이 만년필은 내가 아홉 살 때, 멀리 아헨에 살던 할머니가 소포로 보낸 거야. 만년필은 가죽 케이스에 들어 있었는데, 난 너무나 기뻐 친구들한테 막 자랑을 했단다. 부모님은 내가 열 살이 되자 학교에 만년필을 가지고 다녀도 된다고 허락하였어. 선생님도 만년필로 글씨를 써도 좋다고 하였어.

하지만 열한 살이 되어 선생님이 바뀌자, 학생

용 펜과 잉크만 사용하라고 했어. 그래서 나는 내
보물인 만년필을 다시 집에 간직해 두었단다.

열두 살이 되어 중학교에 들어갔을 때, 내 만년
필은 지퍼가 달린 멋진 필통으로 이사했어. 그리
고 열세 살이 되자 나와 함께 은신처로 와서, 나
를 위해 헤아릴 수 없을 만큼 많은 일기와 글짓기
를 써 주었어. 지금 내가 열네 살이니까 이 만년필
도 나와 함께 은신처에서 1년을 보낸 셈이야.

그런데 지난 금요일 오후 5시가 넘었을 때였어.
탁자 위에 앉아 내가 무엇인가 쓰고 있었는데, 아
빠와 언니가 라틴어를 공부하러 들어온 거야. 나
는 할 수 없이 탁자를 양보했지.

나는 탁자 구석에 가서 콩을 까기 시작했단다.
그러다가 5시 45분에 마룻바닥을 쓸고, 쓰레기와
썩은 콩을 신문지에 싸서 난로에 휙 던져 넣었지.

그 순간 불꽃이 힘차게 피어올랐고, 나는 꺼져 가는 불이 다시 활활 타는 게 멋지다는 생각마저 했단다.

언니와 아빠의 공부가 끝났기 때문에 난 다시 탁자로 돌아가 글을 쓰려고 했어. 그런데 내 만년 필이 보이지 않는 거야. 아무리 찾아도 보이지 않았어. 언니도 같이 찾아 주었지만 도저히 찾을 수가 없었단다.

"틀림없이 콩이랑 같이 네가 난로에 던져 넣은 거야."

언니가 말했어.

"아니야. 절대 그럴 리 없어."

나는 그 사실을 믿을 수가 없어서 고개를 저었어.

하지만 저녁때가 되어도 만년필이 나타나지 않

앉어. 아, 어쩌면 쓰레기에 섞여 만년필이 불에 타 버린 것일지도 모른다는 생각이 들었지.

다음 날 아침, 내가 걱정했던 것이 사실로 나타 났어. 아빠가 난로를 청소하다가 재 속에서 만년 필의 고리를 발견한 거야. 금으로 된 펜촉은 흔적 도 없었어.

난 무척 섭섭했지만 그래도 한 가지 위로를 받 았어. 내 만년필은 화장된 거야. 내가 죽었을 때 나도 화장되기를 바라고 있거든.

아, 불쌍한 내 만년필!

Anne Frank: The Diary of a Young Girl

안네의 일기

# 안네의 사춘기

**1944년 1월 2일 일요일**

키티!

오늘 난 이제껏 너에게 쓴 편지들을 다시 읽어 보았단다. 그런데 읽다가 그만 깜짝 놀라고 말았어.

내가 엄마를 욕하거나 안 좋게 쓴 대목이 자주

눈에 띄는 거야. 세상에, 내가 어떻게 이런 짓을!

나는 도저히 엄마에 대해 안 좋게 쓴 부분을 다 읽을 수 없었어. 엄마에게 너무 죄송했거든.

그러나 돌이켜보면 내가 그랬던 행동이 이해되기도 해. 은신처에 갇혀 사니까 내가 무척이나 예민해져서 그랬을 거라는 생각이 들었단다.

엄마와 좀 더 잘 지낼 수는 없을까?

**1944년 1월 5일 수요일**

키티!

너한테 고백할 일이 두 가지 있어. 내 마음을 너한테만 솔직하게 이야기할 수 있단다. 어떤 경우에도 넌 내 비밀을 지켜 줄 테니까.

우선 엄마에 관한 일을 말할게. 내가 엄마한테 상당히 불만이 있지만, 그래도 다정하게 대하려고 노력하는 건 너도 잘 알 거야.

그런데 요즘 엄마와 나 사이의 문제가 무엇인지 확실히 알았단다. 엄마는 언니와 나를 딸이라기보다 친구처럼 여겨 온 거야.

엄마의 생각도 나름대로 좋겠지만, 내 생각은 그래. 아무래도 엄마와 친구 같을 수는 없다고. 내가 바라는 것은 엄마가 나의 본보기가

되어 주었으면 하는 거야. 내가 늘 존경할 수 있는 분이 되어 주었으면 좋겠어. 훌륭한 어머니라면 자식들을 잘 이끌어 주고, 잘못하더라도 비웃거나 야단치지 않아야 하지만 우리 엄마는 그렇지 못해.

나와 생각이 다르기 때문에 언니는 내 말을 결코 이해하지 못할 거야. 아빠 역시 내가 엄마의 안 좋은 점을 말하려고 하면 피하지. 듣고 싶어 하지 않아.

어제 나는 시스 헤이스텔이 쓴 여성의 생리에 관한 글을 읽었어. 마치 나를 위해 쓴 것 같았단다. 글의 한 부분을 내가 소개해 줄게.

사춘기에 들어선 소녀는 얌전해지고 자신의 신체에 일어나는 놀라운 변화에 신경을 쓰기 시작한다.

이 말처럼 난 한창 몸의 변화에 신경을 많이 쓰고 있단다. 내가 요즘 아빠와 엄마, 언니 앞에서 괜히 쑥스러워지는 것도 바로 이런 것 때문인 것 같아.

단지 몸의 변화만이 아니라 마음속에서 일어나는 변화에도 신경이 쓰이고 있단다. 나에게 일어나는 이런 변화는 참 멋지다고 생각해.

하지만 이런 변화에 대한 이야기를 누구와도 해 본 적이 없어. 그래서 너한테 이야기하는 거란다.

아직 생리를 세 번밖에 하지 않았지만, 할 때마다 고통스럽고 우울해지며 불쾌하기도 해. 그렇지만 달콤한 비밀을 하나 숨기고 있는 기분도 들어.

시스 헤이스텔은 또 이런 말도 했어.

사춘기의 소녀들은 자기 존재를 확실히 깨
닫지 못한다. 그렇지만 점차 자신이 생각과
감정과 인격을 지닌 하나의 인간이라는 사
실을 깨닫기 시작한다.

나는 다른 소녀들보다 빨리 내 자신에 대해 생
각하기 시작했나 봐. 스스로 하나의 인간임을 깨
닫고 있어.

**1944년 1월 6일 목요일**
키티!

요즘은 살아 있는 누군가와 대화를 하고 싶어서
견딜 수가 없어. 그래서 그 상대로 페터를 생각해

냈어.

페터는 '단어 찾아내기' 퍼즐에 빠져 있어. 그래서 내가 퍼즐을 같이 풀자고 하면서 페터를 찾아갔단다. 그리고 탁자를 사이에 두고 마주 앉아 이야기를 나누었어. 페터의 수줍은 태도를 보니 이상하게도 마음이 편안해졌어.

그렇다고 내가 페터를 사랑하고 있는 건 아니야. 절대로 그런 일은 없을 거니까. 만일 판 단 아저씨 댁에 사내아이가 아니고 여자아이가 있었다 하더라도, 나는 역시 그 애하고 사이좋은 친구가 되었을 거야.

Anne Frank: The Diary of a Young Girl

안네의 일기

# 마음에 싹튼 봄

**1944년 2월 12일 토요일**

키티!

태양이 빛나고 있어. 하늘은 눈이 부시게 파랗고 산들바람이 기분 좋게 불고 있구나.

내 가슴 깊은 곳에는 누구에게도 말하지 못한 그리움이 있단다. 난 마음껏 이야기하고 싶어. 자

유롭고
싶고, 친구가 너무
나 보고 싶어!

혼자 실컷 울고 싶기도 해. 울고 나면 조금은 후
련해지겠지. 하지만 마음 놓고 울 수도 없어.

난 자꾸 초조해져서 이 방 저 방을 돌아다닌단
다. 닫힌 창틈에 코를 대고 바깥의 냄새를 맡아 보
기도 해.

나는 이렇게 생각해. 봄이 어느새 내 안으로 들
어와서 싹을 틔우고 있다고 말이야.

나는 온몸과 온 마음으로 봄이 다가오는 것을
느낄 수 있어. 그래서 아무리 아닌 것처럼 애를 써
도 태연하게 행동할 수가 없단다.

## 1944년 2월 13일 일요일

키티!

어제 이후 나에게 많은 변화가 생겼어. 어떤 변화가 일어났는지 말해 줄게.

오늘 아침 우연히 페터와 눈길이 마주쳤는데, 그때 그 애의 눈빛이 아주 부드럽고 따스해 보였어. 마치 봄기운처럼 느껴졌단다.

난 페터가 그동안 언니를 사랑하고 있는 줄 알았어. 그런데 오늘 그게 아니라는 걸 깨달았단다.

나는 되도록 페터를 쳐다보지 않으려고 했지만, 여전히 페터는 그윽하고 따스한 눈빛으로 나를 바라보았어. 나도 그 눈빛이 싫지 않았단다.

그런데 이런 기분에 너무 빠져서는 안 되겠지?

### 1944년 2월 18일 금요일

키티!

요즘은 위층에 올라갈 때마다 페터를 만났으면 좋겠다는 기대를 하게 된단다. 전보다 훨씬 생기가 넘치고 모든 것이 유쾌해졌어.

내 마음은 항상 위층으로 달려가고 있단다. 내가 그리워하는 누군가가 늘 내 곁에 있으니까.

그렇다고 우리가 사랑을 하고 있는 건 아니야.

페터와 나 사이에는 아름다운 믿음과 우정이 싹 트고 있다는 느낌이 들어. 그것은 정말 특별한 느 낌이란다.

난 기회가 있을 때마다 페터를 찾아가. 페터는 이제 내 앞에서 무슨 말을 해야 할지 수줍어하던 예전의 페터가 아니야. 내가 페터의 방을 나올 때 까지 끊임없이 이야기를 할 만큼 달라졌단다.

엄마는 내가 페터한테 자주 가는 게 별로 마음 에 들지 않나 봐. 내 얼굴만 보면 페터를 귀찮게 하지 말라고 해. 그리고 내가 페터의 방에 들어갈 때마다 이상한 눈초리로 나를 바라보곤 해. 내가 4층에서 내려오면 지금까지 어디에 있었냐고 묻 기도 한단다.

난 그런 엄마의 태도가 참을 수 없이 불쾌해.

## 1944년 3월 7일 화요일

키티!

지금 돌이켜보면 말이야, 1942년의 내 생활이 마치 꿈처럼 느껴져. 그때의 안네와 지금 은신처에서의 안네는 아주 다른 사람 같거든.

아, 예전엔 정말 천국 같은 생활이었구나!

학교에서는 선생님들의 귀여움을 받았고, 어딜 가나 남자 친구들이 있었지. 집에서는 막내라고 응석을 부렸고, 부모님은 과자며 용돈을 얼마든지 주었단다.

하지만 흘러간 시간은 다시는 돌아오지 않아. 이제 마냥 즐거운 생각만 할 수는 없어. 모든 것에 대해 난 진지하게 생각하게 되었거든.

1942년 은신처로 온 뒤로 난 놀라울 만큼 많이 변했어. 1943년 초엔 늘 혼자 울면서 지냈단다.

그러면서 내게 부족한 점을 차츰 깨닫게 되었어. 그래서 나 자신을 더 나은 사람이 되게 하려고 노력하는 중이야.

1943년 후반에는 사정이 조금 나아졌어. 나는 좀 더 어른으로서 대접받게 되었어. 나는 여러 가지 일들에 대해 깊이 생각하고 글도 썼으며, 아무도 나에게 이래라저래라 할 권리가 없다는 것도 깨달았어. 나는 내가 원하는 대로 나를 변화시킬 거야.

아빠조차 모든 것을 털어놓고 의논할 상대가 될 수 없다는 사실을 알고, 나는 큰 충격을 받았어. 이제 나는 나 자신 외에는 그 누구도 믿고 싶지 않아.

올해 초에 두 번째 큰 변화가 일어났어. 내가 남자 친구를 그리워하게 되었다는 사실이야. 또한 마음의 행복을 발견하고, 진심을 감추기 위해 명랑한 척할 줄도 알게 되었어.

하지만 나는 곧 침착해지고, 아름다움과 선한 것에 대한 끝없는 그리움을 갖게 되었단다.

밤에 잠자리에 들면 하나님께 기도할 때 마지막엔 늘 이런 기도를 드려.

"주께서 주신 모든 선한 것, 사랑하는 것 그리고 아름다운 것에 감사드립니다."

이렇게 기도할 때에 난 불행에 대해 생각하지 않아. 이 세상에 아직 남아 있는 아름다움만을 생각해. 그런데 이 점에서 엄마와 난 서로 생각이 다르단다.

누군가 우울할 때 엄마는 이렇게 충고를 해.

"다른 사람의 불행을 생각하고, 자기만이 불행을 겪는다고 생각하지 말아야 해."

하지만 나는 속으로 이렇게 말한단다.

"들로 나가 자연과 햇볕의 따뜻함을 즐기고, 자기 자신과 하나님 안에서 다시 행복을 찾으려고 노력하세요. 그리고 자기 마음과 주위에 아직 남아 있는 모든 아름다움을 생각하고 행복해지도록 노력하세요."

행복한 사람은 다른 사람도 행복하게 만들 거야. 용기와 신념을 가진 사람이라면 결코 불행해지지 않을 테니까.

Anne Frank: The Diary of a Young Girl

안네의 일기

# 미래를 꿈꾸다

**1944년 4월 3일 월요일**

키티!

그동안 너에게 이야기하지 않았지만 오늘은 식량에 대해 자세히 쓰고 싶어.

식량 사정이 아주 나빠져서 이 은신처뿐 아니라 네덜란드 전체, 전 유럽, 아니 그 외의 지방에서도

대단히 심각한 문제가 되고 있어.

우리는 은신처에서 지낸 21개월 동안, 여러 번 '식량 주기'를 경험해 왔어.

식량 주기란 무엇인지 알려 줄게. 어느 특정한 요리, 혹은 한 종류의 야채만 계속해서 먹게 되는 상태를 말해.

예전에 우리는 오랫동안 상추 외엔 아무것도 먹을 게 없었던 적이 있었어. 그러다가 다음은 시금치, 오이, 토마토, 소금에 절인 양배추…….

배가 고프니까 어쩔 수 없이 먹는 거야. 빵이 부족하기 때문에 감자를 아침부터 저녁까지 먹는단다. 저녁 식사에는 고기 대신 감자와 붉은 샐러드를 먹는단다. 그리고 경단 같은 것이 있는데, 이것은 배급 받은 밀가루에 물과 이스트를 넣고 반죽하여 만든 거야. 마치 돌을 먹는 것처럼 딱딱하고 끈적끈적해.

매주 우리의 특별 메뉴는 간장에 절인 소시지 한 조각과 잼을 바른 말라빠진 빵이야.

그래도 우리는 아직 무사히 살아 있어.

이렇게 형편없는 음식이라도 거르지 않고 먹을 수 있으니 감사해야겠지?


### 1944년 4월 4일 화요일

키티!

나는 바보가 되지 않기 위해 이를 악물고 열심히 공부할 생각이야. 내 꿈은 신문기자가 되는 거야. 나는 문장력이 있다고 생각해.

은신처에서 지내는 동안 정성껏 쓴 작품들이 벌써 여러 개 된단다. '이브의 꿈'이라든가 '캐디의 일생'은 내가 생각하기에도 퍽 잘 쓴 글 같아. 남이 볼 땐 어떨지 모르겠지만 말이야.

난 내 작품에 대해 아주 까다로워. 어느 부분이 잘 되었고, 어느 부분이 어색한지 잘 알고 있어. 글을 쓴다는 것이 얼마나 근사한 일인지, 써 보지 않은 사람은 모를 거야. 전에는 그림 그리는 것을 좋아했지만, 지금은 글을 쓸 수 있다는 것에 더 행복을 느낀단다.

난 훌륭한 사람이 되고 싶어. 엄마, 판 단 아주머니, 그 외의 다른 여자들처럼 그냥 평범하게 살다가 곧 잊혀져 버리는 것은 싫단다. 내가 죽은 뒤에도 영원히 기억할 수 있는 그런 일을 하고 싶어. 그래서 하나님이 내게 글을 쓸 수 있는 재능을 주신 것을 무척 감사하게 생각해.

글을 쓰는 동안 난 모든 것을 잊어버리게 돼. 슬픔은 사라지고 어느새 용기가 솟아나.

그런데 한 가지 궁금한 게 있어.

키티, 내가 정말 훌륭한 글을 쓸 수 있을까? 그래서 신문기자나 작가가 될 수 있을까?

난 믿어! 열심히 노력하면 언젠가 반드시 그 꿈을 이루리라는 것을.

### 1944년 4월 6일 목요일

키티!

내 취미에 대해 이야기해 줄게.

우선 첫째로 글 쓰는 일이야.

둘째는 왕실의 혈통 등을 조사하고 정리하는 일이야. 나는 이미 신문이나 책, 팸플릿 등을 통해 조사했어. 프랑스, 독일, 에스파냐, 영국, 오스트리아, 러시아, 노르웨이, 네덜란드 등 각국 왕실의 혈통을 자세히 적어 두었단다.

셋째는 역사 공부야. 아빠가 역사책을 많이 사 주었지만 좀 부족하다는 생각이 들어. 언젠가 이 은신처에서 벗어나 공립도서관에 가서 산더미같이 쌓인 책들을 모조리 읽어 볼 날을 손꼽아 기다리고 있지.

넷째는 그리스와 로마 신화야. 나는 그리스와 로마 신화에 대한 책도 많이 갖고 있단다.

그 밖에도 유명한 영화배우와 그 가족들의 사진을 모으는 일도 빼놓을 수 없는 취미 중 하나야.

난 책이라고 하면 미친 듯이 모으고 있어. 미술사에도 관심이 있고, 시인이나 화가들에 대한 책도 아주 좋아해.

## 1944년 5월 2일 화요일

키티!

지난 토요일 저녁, 나는 페터와의 관계를 아빠한테 말하는 것에 대해 한참 고민했어. 페터는 더 생각하고 나서 말하자고 했어. 나는 페터의 그런 신중한 생각이 마음에 들었단다.

나는 아빠와 아래층에서 물을 떠 오다가 계단에 앉아 잠시 쉴 때 물어 보았어.

"아빠, 제가 페터와 같이 있을 땐 서로 꼭 붙어 앉는데, 그건 나쁜 건가요?"

"나쁘진 않다만 이렇게 좁은 장소에서는 특별히 조심해야 한단다."

다음 날 아침, 아빠는 나를 불러 말했어.

"안네야, 아빠가 다시 생각해 보았는데, 둘이 꼭 붙어 앉는 건 좋지 않단다. 특히 이 집에선 말이다. 아빠 너희들이 정다운 친구 사이인 줄 알았는데, 서로 사랑하는 사이란 말이냐?"

"아니에요, 그건!"

"아빠는 너희를 다 이해해. 그래도 페터와 단둘이 있지 않도록 주의해라. 둘이서만 다락방에 있는 건 바람직하지 못해. 여기는 자유로운 환경과는 다르단다. 온종일 같이 있고, 얼굴을 맞대고 있게 되잖니? 페터를 자극하지 않도록 더 조심해야 해."

"하지만 페터는 점잖은 아이예요."

"아빠도 알아. 하지만 페터는 마음이 여리기 때문에 좋은 일에도 나쁜 일에도 쉽게 빠져들 염려가 있어. 아빠는 페터의 그런 착한 마음이 상처 입지 않고 오래 지켜지기를 바라는 마음이란다."

나는 페터에게 아빠의 말을 그대로 전했어.

"페터, 우리가 계속 친구로 지낼 수 있다고 생각
해?"

"물론이야. 안네, 넌 어떻게 생각해?"

"나도 그래. 난 아빠한테 너를 믿고 있다고 했거
든."

페터는 얼굴이 빨개졌어. 수줍어하는 거야.

Anne Frank: The Diary of a Young Girl

안네의 일기

# 자연의 모든 것이 그리워지다

**1944년 6월 15일 목요일**

키티!

요즘 나는 자연에 대한 것이면 무엇이든 다 그리워. 아마 오랫동안 밖에 나가지 못했기 때문일 거야.

푸른 하늘에서 지저귀는 새소리에도, 아름다운

달빛과 꽃을 보아도 아무런 매력을 느끼지 못하던 때가 있었어. 하지만 은신처에 온 뒤로 난 완전히 달라졌단다.

지난 성령강림절은 무척 더웠는데도 난 달을 구경하고 싶어서 밤 11시 30분까지 자지 않고 기다렸어. 그런데 모두 헛수고가 되고 말았어. 달빛이 너무 밝아서 창문을 여는 것이 위험했기 때문이야.

몇 달 전에는 비바람이 세차게 불고 시커먼 구름이 쏜살같이 지나가는 광경에 마음이 사로잡혀 움직일 수가 없었어. 이곳에 와서 밤하늘을 바라본 것은 1년 반 만에, 그때가 처음이었거든. 그날 밤 이후로 다시 한 번 밤하늘을 보고 싶은 간절한 희망이 생겼단다. 그래서 혼자 몇 번이고 부엌이나 사무실의 창가를 서성이곤 했단다.

감옥이나 병원에 있는 사람들은 자연의 아름다움을 즐길 날을 무척 기다릴 거야. 하지만 누구나 맛볼 수 있는 자연의 아름다움을 우리는 맛볼 수가 없어.

나는 하늘과 구름, 달과 별을 바라보면 마음이 고요해지고 평온해진단다. 모든 것의 어머니인 자연은 우리를 겸손하게 하고 어떤 어려움에도 용감하게 버틸 수 있게 해 준단다.

아아, 정말 슬퍼. 난 먼지 낀 창문에 드리워진 더러운 커튼 너머로밖에 자연을 볼 수 없으니.

순수한 자연의 모습을 직접 보고 싶어!

Anne Frank: The Diary of a Young Girl

안네의 일기

# 또 하나의 안네

**1944년 7월 15일 토요일**

키티!

『현대의 젊은 여성을 어떻게 생각하는가』라는
책을 미프 아주머니가 도서관에서 빌려다 주었
어. 참 흥미로운 제목이지? 오늘은 이 책에 대해
서 이야기를 할까 해.

이 책의 작가는 오늘날의 젊은이를 아주 나쁘게 평가하지만, 반대로 젊은이들은 원하기만 하면 보다 아름답고 훌륭한 세계를 창조할 힘을 가지고 있다고 해. 다만 그들이 참된 아름다움에는 관심이 없고, 겉으로 드러나는 것에만 관심을 쏟는 것을 나쁘다고 하지.

이 책을 읽는 동안 어떤 부분에서는, 작가가 마치 나의 잘못을 꼬집는 것 같은 느낌이 들었어. 그래서 키티, 너한테 내 자신을 숨김없이 보여 주려고 해.

내 성격에는 한 가지 두드러진 특징이 있어. 나는 나 자신을 아주 잘 알고 있을 뿐만 아니라 내 행동을 마치 다른 사람이 보고 있는 것처럼 지켜볼 수 있어. 또 무엇이 옳고 그른가를 알아차릴 수 있어.

이 자의식은 끊임없이 나를 따라다니면서, 내가 뭔가를 이야기하고 나면 곧 "그렇게 말하는 것이 아니었어." 또는 "아니, 그건 옳았어." 하고 생각하게 해.

나 자신에 대해 나쁘게 말할 것이 너무나 많아서 일일이 셀 수 없을 정도야.

언젠가 아빠가 말한 적이 있어.

"모든 아이들은 스스로 자신을 교육해야 한다."

난 그 말이 옳다는 걸 차츰 알게 되었단다. 부모는 단지 아이들이 옳은 길로 가도록 알려 줄 뿐이야. 모든 것을 결정하는 것은 바로 자신이라는 거야.

### 1944년 8월 1일 화요일

키티!

은신처의 어른들은 나에게 '하늘의 작은 악마'라는 별명을 붙여 주었단다.

그런데 '하늘의 작은 악마'는 어떤 뜻일까? 내 안에 두 가지 모습이 있다는 말일까?

밖으로 보이는 내 모습과 속에 숨어 있는 내 모습이 다르기 때문이겠지.

내가 보아도 난 다른 성격을 함께 가지고 있어. 한쪽의 나는 지나치게 명랑하고 모든 일을 재미있게 생각하며, 아는 척하고 나서는 경향이 있거든. 그래서 사람들은 나를 말괄량이라고 생각해 버리는 거야. 고집쟁이라고 부르기도 하고.

그런데 키티, 난 평소에 나를 잘 아는 사람들이 숨겨진 내 모습을 알게 될까 봐 겁이 나. 나의 차

분하고 얌전한 모습을 보면 모두가 비웃으면서
진지하게 받아들이지 않을까 봐 두려워. 그러다
보니 또 다른 내 모습을 항상 숨기게 되는 거란다.

　나는 무슨 일에도 결코 내 감정을 말하지 않아.
사람들이 나를 사내아이만 쫓아다니고, 변덕스럽
고, 아는 체하고, 연애소설이나 읽는다는 등의 험
담을 늘어놓아도 쾌활한 안네는 그것을 웃어넘기

면서 건방지게 말대꾸를 하고, 그냥 아무 일도 아닌 것처럼 행동한단다.

하지만 마음속에 숨어 있는 조용한 안네는 마음의 상처를 입어. 상처 입은 안네는 자신을 변화시키려고 열심히 애쓰지만, 또 언제나 쾌활한 안네가 먼저 얼굴을 내민단다.

마음속에서 훌쩍이는 소리가 들려.

'너는 남을 생각하지 않고, 거만하고, 고집쟁이처럼 보이니까 모두가 싫어하는 거야. 사려 깊은 안네의 충고에 귀를 기울이지 않기 때문이야.'

당치도 않아.

귀를 기울일 생각은 있지만 잘 되지 않는 거야. 내가 점잖고 진지하게 행동하면 누구나 이상하게 여기니까 결국 우스운 소리를 하는 쾌활한 안네가 될 수밖에 없어.

내가 얌전하게 있으면 가족들은 아픈 줄 알고 약을 먹이거나, 열이 없는지 이마나 목을 짚어 본단다.

난 견딜 수가 없어. 그렇게까지 취급당하면 나는 점점 화가 나기 시작하고 슬퍼져서 결국에는 모든 것이 처음부터 되풀이되는 거야. 좋지 못한 면이 겉에 나와 있고, 좋은 면은 안에 숨어 버리게 되지.

난 내가 바라는 사람이 되는 길을 끊임없이 연구할 거야.

Anne Frank: The Diary of a Young Girl

안네의 일기

## 안네의 일기, 그 후

안네의 일기는 1944년 8월 1일로 끝나 있습니다.

그 즈음, 은신처에서의 생활이 곧 끝나게 되리라는 희망에 모두들 부풀어 있었습니다. 그러나 게슈타포에게 습격을 당한 운명의 날은, 안네가 마지막으로 일기를 쓰고 나서 사흘 뒤인 1944년

8월 4일에 예고 없이 닥쳐왔습니다.

　그날도 은신처의 식구들은 평상시처럼 하루를 지내고 있었습니다. 안네의 아버지 오토 프랑크 씨는 아침 식사를 한 후, 페터의 영어 공부를 도와주기 위해 다락방에 올라갔습니다. 프랑크 씨와 페터가 책상 앞에 마주 앉았을 때, 갑자기 페터의 얼굴이 새파랗게 질렸습니다. 그 모습을 본 순간

프랑크 씨도 가슴이 덜컥 저 아래로 내려앉았습니다.

아래층에서 낯선 남자들의 고함 소리가 들렸습니다. 권총을 든 게슈타포가 갑자기 쳐들어온 것입니다.

아! 모두가 늘 두려워했던 마지막 순간이 된 것입니다. 다락방에 있던 프랑크 씨와 페터는 순순히 항복할 수밖에 없었습니다. 아래층에는 안네를 비롯한 다른 식구들이 하얗게 질려 두 손을 머리에 대고 벽을 향해 서 있었습니다.

코프하이스 씨와 크라렐 씨도 유태인을 도와주었다는 이유로 함께 체포되었습니다. 모두들 벌벌 떨며 자기의 소지품을 챙겨야 했습니다.

은신처의 사람들은 크라렐, 코프하이스 씨와 함께 죄수 호송차에 실려 암스테르담 시내에 있는 게슈타포 본부로 끌려갔습니다. 그곳에서 비인간적이고 잔인한 조사를 받은 후, 다시 네덜란드에서 가장 큰 유태인 수용소인 베스테르부르크로 옮겨졌습니다.

코프하이스 씨와 크라렐 씨는 수용소로 끌려갔으나, 다행히 전쟁이 끝난 뒤 풀려났습니다.

베스테르부르크에서의 생활은 은신처보다 나은

점이 하나 있었습니다. 신선한 바깥 공기를 마음껏 호흡할 수 있었고, 안네와 언니는 또래 친구들과 어울릴 수도 있었습니다.

몸이 약한 안네는 힘든 노동을 이겨 낼 수 없었습니다. 마침 수용소의 의사가 프랑크 씨의 옛 친구여서 다행히 안네는 힘든 일을 하지 않아도 되었습니다.

9월 3일, 베스테르부르크 수용소의 유태인들에게 동쪽으로 옮기라는 명령이 내려졌습니다. 은신처의 사람들은 유태인이 가장 많이 죽은 폴란드의 살인 수용소, 아우슈비츠 수용소에 갇히게 되었습니다.

급격히 건강이 나빠진 판 단 씨는 10월 5일 가스실로 끌려가고 말았습니다. 안타깝게도 이것이 아우슈비츠에서 일어난 마지막 가스 살인이었답니다.

1944년 10월 30일, 온갖 어려움 끝에 안네, 마르고트, 판 단 부인은 젊고 건강한 여자로 뽑혀 독일의 베르겐벨젠 수용소로 보내졌습니다. 홀로 남겨진 프랑크 부인은 정신이 이상해지고 음식을 먹을 수 없게 되어 1945년 1월 6일, 아우슈비츠에서 죽고 말았습니다.

판 단 부인은 베르겐벨젠에서 죽었으나 그날이 언제였는지 기억하는 사람이 없습니다. 안네는 그곳에서도 용기와 인내를 잃지 않고 꿋꿋하게 견뎌 나갔습니다.

1945년 2월, 안네와 마르고트는 장티푸스에 걸렸습니다. 자매가 2층 침대에 나란히 누워 있던 어느 날이었습니다. 쇠약해질 대로 쇠약해 있던 마르고트는 자리에서 일어나려다가 그만 아래로 떨어졌고, 그 충격으로 곧 숨을 거두었습니다.

언니의 죽음을 알게 된 안네는 더 이상 견딜 힘을 잃었습니다. 3월 초순 안네는 조용히 숨을 거두었습니다. 열다섯 살의 어린 나이에 세상을 떠나고 만 것입니다.

안네가 숨을 거두었을 무렵, 연합군은 프랑크푸르트까지 다가오고 있었습니다. 조금만 더 견디었다면 안네는 자유를 마음껏 누릴 수 있었을 것입니다.

안네와 같이 수용소에 있다 살아남은 사람들은 안네의 모습을 다음과 같이 기억했습니다.

"어린 안네는 어머니와 언니보다 용감했고 씩씩했습니다. 언제나 음식물을 어머니와 언니에게 나눠 주었고, 남은 빵 조각은 허기진 사람들에게 아낌없이 주었습니다. 안네는 용기와 강한 정신의 힘으로 자기에게 닥친 고통을 이겨 나갔습니다. 참 훌륭한 소녀였습니다."

1945년 5월, 마침내 전쟁은 끝났습니다. 수개월 후에 프랑크 씨는 암스테르담으로 돌아올 수 있었습니다.

게슈타포가 은신처의 가구들을 실어 간 날, 안네의 일기는 청소부에게 발견되어 미프와 엘리가 보관하고 있었습니다. 독일군에게 잡히지 않고 살아남았던 미프와 엘리는 혼자 살아 돌아온 프랑크 씨에게 이 일기장을 전하였습니다. 안네의 아버지는 딸의 일기장을 보고, 안네가 이렇게 생각이 깊고 똑똑한지 몰랐다면서 눈물을 흘렸다고 합니다.

그리고 안네가 그토록 걱정했던 친구 한넬리는 살아남아서 안네에 대한 그리움을 전하는 인터뷰를 남겼습니다. 그것은 '안네 프랑크 하우스'에 가면 볼 수 있습니다.

안네는 가고 없지만, 안네가 하나님께 간절히 기도했던 친구 한넬리는 살아남은 것입니다.

## 안네 프랑크
(Anne Frankl, 1929~1945)

아넬리스 마리 프랑크 또는 안네 프랑크는 독일 프랑크푸르트에서 유태인 은행가의 둘째 딸로 태어났습니다.

당시 독일의 히틀러가 정권을 잡으면서 유태인을 학대하기 시작했습니다. 히틀러는 독일은 물론, 독일군이 점령한 나라의 유태인들도 마구 잡아들여 수용소로 보냈습니다.

제2차 세계대전이 일어나면서 독일군은 안네의 가족이 살던 네덜란드마저 점령했습니다. 안네의 가족은 아버지 사무실 뒷방에 피신해 숨을 죽이고 살았습니다. 그동안 신문기자와 작가가 장래 희망이었던 안네는 일기를 꾸준히 썼습니다.

1944년 전쟁이 끝날 무렵, 강제수용소로 끌려간 안네는 1945년 15세의 어린 나이로 장티푸스에 걸려 세상을 떠났습니다.

하지만 안네가 남긴 일기는 가족들 중 유일하게 살아남은 아버지에 의해 세상에 알려졌습니다. 전쟁과 죽음의 공포 속에서도 꿋꿋한 정신을 간직하고 살았던 안네의 삶은 많은 사람들에게 감동을 주었습니다.

네덜란드 암스테르담에 가면 '안네 프랑크 하우스'가 있습니다. 이 집에는 안네 프랑크와 그의 가족이 숨어 살았던 다락방의 모습이 그대로 전시되어 있습니다.

지금도 전 세계의 많은 관광객들이 '안네 프랑크 하우스'를 찾는다고 합니다. 좁다란 계단을 따라 올라가면 나치의 눈을 피하기 위해 만들어 놓은 회전 책장을 비롯해 안네가 사용하던 물건들이 있습니다. 또한 『안네의 일기』 원본을 비롯하여 세계 각국에서 출간된 『안네의 일기』들을 볼 수 있습니다.